Copyright: Christel Dörner
Cover: Yvonne Less
www.art4artists.com.au
unter Verwendung von:
Depositfotos.com

Kontakt: familie.doerner@web.de

LUISA DAS STERNENKIND

Christel Dörner

Bibliografische Information der Deutschen Nationalbibliothek.
Die Deutsche Nationalbibliothek verzeichnet diese Publikation in der Deutschen Nationalbibliografie; detaillierte bibliografische Daten sind im Internet über dnb.dnb.de abrufbar.

2018 Christel Dörner

Herstellung und Verlag
BoD Books on Demand,
Norderstedt
ISBN: 9 783752868951

Inhaltsverzeichnis:

DAS GEHEIMNIS DES BLITZENDEN GEGENSTANDES

Hanna stand am Fenster und schaute in die Dunkelheit, sie dachte noch einmal über die vergangenen Monate nach. Es war eine aufregende Zeit gewesen, dabei hatte alles so harmlos angefangen.

Frau Müller, eine alte Bekannte ihrer Mutter wurde krank. Hanna und Mama halfen Frau Müller, wo sie konnten. Dafür schenkte Frau Müller Hanna einen Teddybären. Damit begann alles.

Mit Teddy reiste sie in die Vergangenheit, konnte alte Papiere beschaffen und damit für ihre Familie ihr Haus retten. Außerdem gelang es, den Verbrecher, der für alles verantwortlich war, zu verhaften.

Menschen aus der Vergangenheit, die durch die Taten dieses Mannes nicht zurück in ihre verschiedenen Zeiten der Vergangenheit konnten, kamen nur mit Hannas Hilfe nach Hause.

Eigentlich hätte sie sich zufrieden zurücklehnen können, ein Gefühl sagte ihr aber, dass noch lange nicht alles in Ordnung war.

Da gab es zum Beispiel Frau Siebel, eine harmlos wirkende alte Dame, mit ihrem Hund Susy. Frau Siebel musste aus dem Ort in der Vergangenheit kommen, aus dem auch Frau Müller stammte.

Der Verbrecher, Herr Kranz, war zwar hinter Schloss und Riegel und im Moment ging von dem bestimmt keine Gefahr mehr aus. Er war aber auf keinen Fall zu unterschätzen.

Was war wohl aus dem Komplizen des Herrn Kranz geworden? Der war bei einem Überfall auf sie zwischen die Teddys geraten und durch einen Blitz verschwunden.

Der zweite Teddy, der dem ersten bis aufs Haar glich, nur andere Fähigkeiten besaß, die Hanna allerdings noch nicht alle kannte, kam durch ein Unwetter, bei dem die alte Eiche im Garten brannte, zu ihr.

Es gab noch viele ungelöste Fragen. Hanna drehte sich um und konnte im Zimmer fast nichts mehr sehen. Sehr schnell war es dunkel geworden.

Sie machte Licht. In diesem Moment blitzte es. Hanna schaute hinauf in den Himmel, sie sah die Sterne blinken.

Es konnte also kein Gewitter sein. In den letzten Tagen hatte sie dieses Blitzen schon einige Male gesehen. Es hatte angefangen, als der Mann vom anderen Stern ihre Papierrollen entzifferte. Nun wollte sie der Ursache auf den Grund gehen. Es musste etwas in ihrem Zimmer sein.

Einen Fotoapparat besaß sie nicht, es gab auch keine Lampe, die dieses Licht verursacht haben könnte. Sie sah sich langsam drehend in ihrem Zimmer um. Ihr Blick blieb an dem silbernen Gegenstand hängen, der schuld am Unfalltod ihres Großvaters gewesen war.

Keiner konnte ihr bisher sagen, welchen Nutzen dieses Ding hatte. Sie nannte es unmoderne Kunst.

Als sie auf das Regal zuging, bemerkte sie eine Hitze, die nicht von der Heizung kommen konnte. Sie war sehr intensiv. Hanna nahm automatisch ihren Teddy aus der Innentasche ihres Pullis und drückte ihn schützend an sich.

Langsam näherte sie sich dem Gegenstand. Sie hatte das Gefühl, angezogen zu werden. Dieses Gefühl kannte sie. Jedes Mal wenn sie durch die Bäckerei-Nebentür in die Vergangenheit gereist war, fühlte sie auch diesen Sog.

Nur: Damals wurde ihr immer kalt. Jetzt aber wurde ihr heiß, richtig heiß.

Hanna versuchte, sich dem magischen Sog dieses Dings entgegenzustellen. Zu ihrem Entsetzen bemerkte sie, dass sie keine Chance hatte, zurückzuweichen. Dieses heiße Ding zog sie langsam, aber stetig immer näher an sich heran.

Hanna brach der Schweiß aus. Sie würde sich an diesem Gegenstand verbrennen! Das war noch das Harmloseste, das ihr durch den Kopf ging. Was, wenn dieses Ding ein Zeittor war!

DIE ZUSAMMENARBEIT DER BÄREN

Hilfesuchend schaute sie sich um. Ihr Blick fiel auf Teddy Nummer zwei, der saß diesem geheimnisvollen Etwas genau gegenüber.

Vielleicht könnte das, was schon einmal passiert war, wieder klappen. Wenn die Teddys wieder zusammenarbeiteten, könnte es vielleicht noch einmal gut gehen.

Unter Aufbietung aller Willenskraft drehte sie ihren Teddy, den sie ja an sich gedrückt hielt, um. Nun war der Gegenstand genau zwischen den Teddys. Wenn das nicht funktionierte, würde sie laut schreien.

Im Grunde wusste sie aber, dass ihr keiner helfen konnte. Bis Mama hier oben ankäme, wäre es zu spät. Was auch passieren würde, es wäre ja dann schon passiert. All das schoss Hanna in Sekunden durch den Kopf.

Ihre Rechnung ging auf. Gerade als sie meinte, sie würde die ersten Brandblasen bekommen, arbeiteten die Teddys wieder zusammen.

Es wurde taghell im Zimmer, Hanna sah, dass der Gegenstand von allen Seiten mit Blitzen beschossen wurde. Augenblicklich war der Zwang, sich diesem Ding zu nähern, weg. Im Zimmer breitete sich Kälte aus.

Neugierig ging Hanna noch einen Schritt näher, ihre Angst war wie weggeblasen. Nur ihr Herz schlug noch, als wollte es einen Weltrekord aufstellen.

„Danke, ihr beiden!" Hanna nahm auch Teddy Nummer zwei in den Arm.

„Mir ist klar, dass ich ohne euch all diese Abenteuer gar nicht erleben würde, mein Leben wäre so langweilig, wie es vor unserer Zeit war. Ich bin euch dankbar, dass ich etwas erlebe, was wohl sonst keiner erlebt hat.

Aber ein bisschen weniger Action wäre mir wahrscheinlich auch genug. Jetzt wollen wir uns dieses Ding einmal genauer anschauen, irgendetwas muss es ja damit auf sich haben."

Hanna setzte die Teddys ins Regal und nahm den silbrig glänzenden Gegenstand in die Hand. Das Material war sehr glatt und dass es vor wenigen Sekunden kochend heiß gewesen sein musste, war ihm nicht anzumerken. Es fühlte sich angenehm, fast kühl an.

Sie schüttelte ungläubig mit dem Kopf. Wenn sie das Anna erzählte, die würde staunen. Anna war schließlich ihre beste Freundin, ihr erzählte sie alles.

Hanna drehte das seltsame Ding hin und her. Die Polizei hatte es damals eingesammelt, als sie nach Opas Unfall Spuren sicherte. Bestimmt dachte sie, es wäre aus Opas Auto gefallen.

Neben einigen Stoffmustern war auch dieser Gegenstand in einer Kiste gewesen, die die Polizei erst vor einiger Zeit Papa übergeben hatte.

Ihre Oma hatte sich damals geweigert, diese Überreste abzuholen, zu tief saß bei ihr der Schmerz über Opas plötzlichen Tod.

Hanna erinnerte sich, dass sie durch Zufall sowohl genau in dieser Zeit als auch an diesem Ort in der Vergangenheit war. Den Unfallhergang hatte sie zwar nicht gesehen, sie konnte aber ihrem Opa Trost spenden und einige Worte mit ihm wechseln.

Ein Passant zeigte damals auf Herrn Kranz, gab an, er sei der Unfallverursacher, und sprach von einem glänzenden Gegenstand. Herr Kranz sollte ihn kurz vor dem Unfall vor Opas Auto auf die Straße geschmissen haben. Ein gleißender Strahl soll Opa so geblendet haben, dass der die Kontrolle über sein Auto verlor.

Leider hatte die Polizei diesen Mann damals gar nicht beachtet und Hanna konnte sich nicht bemerkbar machen. Nun hielt sie den Gegenstand in ihren Händen und glaubte fest daran, dass es kein harmloses Ding war, sondern etwas sehr Geheimnisvolles. Dieses Blitzen, das Opa geblendet hatte, war ja nun wieder aufgetreten.

Herrn Kranz traute sie sowieso alles Böse zu. Sie hatte miterlebt, wie er kaltblütig einen anderen Mann erschoss. Zeit schien für ihn überhaupt keine Rolle zu spielen. Opas Tod gehörte zu seinem hinterhältigen Plan, sich ihr Elternhaus anzueignen.
Wahrscheinlich wusste er von dem Bahnhof unter der alten Eiche. Hanna war auch nicht mehr sicher, ob es nur um Geld ging. Da steckte viel mehr dahinter, es ging um Macht.

Nur — worüber?

Der Bahnhof war bestimmt nur ein kleiner Teil eines großen Plans. Hanna seufzte, all das waren nur Gedankenspiele; wahrscheinlich war sie mit viel zu viel Fantasie auf die Welt gekommen.

Sie war froh, dass Mutter zum Abendessen rief. Morgen würde sie dieses Ding gut verschnürt auf dem Dachboden unterbringen.

HERR HÖRSTER

Beim Abendessen erzählte Papa von einem neu-
en Mitarbeiter. Er selbst hatte ihn noch gar nicht
kennengelernt, aber viele Kollegen, besonders
die weiblichen, schwärmten richtig von ihm. Er
musste eine super Ausstrahlung haben.

Dieser Mann, er hieß Hörster, sollte der Stadt ein
neues Image verpassen. Frischer Wind in alten
Mauern, so war wohl sein Motto.

Er sollte Kataloge mit Bildern von den schönsten
Orten der Stadt herstellen und so mehr Touristen
anlocken, die die Stadtkasse dann klingeln lassen
würden.

Zu diesem Zweck hatte er in Archiven gesucht
und war auf alte Schriften gestoßen, in denen
von Hexen und Zauberern berichtet wurde. Gerade in ihrer Gegend hätten diese wohl große
Aktivitäten an den Tag gelegt.

Diese Nachricht überraschte Hanna gar nicht.
„Ich glaube zwar nicht an diesen Humbug, doch
Herr Hörster ist wohl der Ansicht, dass viele Leute auf so alte Geschichten anspringen. Er hat nun
schon unseren Bürgermeister angesteckt.

Eine Abteilung hat den Auftrag, ebenfalls in Archiven nach alten Hinweisen zu suchen. Ich finde, darauf zu bauen und damit Urlauber anzulocken, ist ein bisschen gewagt."

Papa hatte sich in Rage geredet, seine Ohren waren ganz rot. Mama, die gerade neben ihm stand, strich ihm übers Haar: „Nun rege dich nicht über ungelegte Eier auf.

Du sagst doch selbst, dass noch gar nichts entschieden ist. Vielleicht sieht der Bürgermeister ja ein, dass dies ein sehr gewagter Plan ist."

„Wer sagt denn, dass es keine Hexen und Zauberer gab? Vielleicht gibt es sie ja auch heute noch. Wenn die alten Papiere echt sind, wäre es doch spannend, dem nachzugehen." Auch Hanna bekam rote Ohren.

„Ja, dem nachzugehen kann ja spannend sein, doch eine Kampagne darauf zu bauen und den guten Ruf unserer Stadt zu riskieren, uns vielleicht überall zur Lachnummer zu machen, finde ich nicht so gut.

„Du hast bestimmt recht, ich glaube der Bürgermeister wird alle Argumente genau durchdenken. Du weißt doch, es wird nichts so heiß gegessen, wie es gekocht wird." Mit diesen Worten verließ Mutter die Küche.

„Papa, kann sich jeder diese alten Schriften ansehen?" Hanna war nicht wohl bei dem Gedanken, sie konnte nicht sagen, warum, sie wusste ja nicht einmal, was darin stand, aber etwas in ihrem Inneren schlug Alarm.

„Nein, diese Stadtarchive sind nicht für die Öffentlichkeit bestimmt. Aber wenn du so neugierig darauf bist, könnte ich extra für dich einen Termin organisieren. Ich kenne die Dame zwar nicht persönlich, aber am Telefon klingt sie immer sehr nett."

Hanna schaute ihren Vater entzückt an: „Das würdest du für mich tun? Das wäre ja ein Abenteuer. Kann Anna mit?" „Langsam, langsam, da muss ich ja erst einmal fragen, aber ich denke, das geht in Ordnung."

Hanna nahm ihren Papa ganz fest in den Arm. Sie sagte ihm Gute Nacht und ging zu Mama, um ihr diese Neuigkeit zu erzählen.

Mama lächelte: „Ich hoffe, du träumst jetzt nicht von bösen Hexen und Zauberern.

Die Geschichten sind ja ganz nett, aber eben nur Geschichten." Hanna ging in ihr Zimmer, Mama hatte recht.

An Schlaf war im Moment aber trotzdem nicht zu denken. Sie nahm ihren Teddy, stellte sich ans Fenster und schaute den Leuten zu, die brav und geduldig in einer Reihe standen und darauf warteten, durch den Baum in ihre Zeit zu gelangen.

Eigentlich ganz gut, dass Papa so viel Arbeit hatte, so käme er gar nicht dazu, sich über die Zukunft des Baumes Gedanken zu machen. Der hatte bei dem Brand doch sehr gelitten.

ÜBERRASCHENDE ANTWORT

Hanna hatte sich seit Tagen nicht mehr in der alten Fabrik, in der die Leute aus der Vergangenheit auf ihre Abreise warteten, sehen lassen. Sie musste einige Arbeiten in der Schule schreiben und hatte mit ihrer Freundin Anna geübt.

Sie wusste, dass die Alten einen sehr guten Plan ausgearbeitet hatten und sehr viele Leute schon abgereist waren. Nun konnte sie nur hoffen, dass es alle zurück in ihre Zeiten schafften.

Einige mussten bestimmt noch eine andere Zeittor suchen, um nach Hause zu kommen. Oliver und Floh waren unter den Ersten gewesen, die reisen durften, und Hanna war sich nicht sicher, ob sie die beiden jemals wiedersehen würde.

Nun zog sie die Vorhänge zu, machte sich bettfertig und schlief mit beiden Bären im Arm ein.

Nach der ersten Schulstunde erzählte sie Anna ihr neuestes Abenteuer. Zuerst von den Archivpapieren, die sie sich anschauen dürften, dann von Papas neuem Kollegen und zuletzt von dem seltsamen Gegenstand.

Sie beteuerte, dass sie noch heute dafür sorgen würde, dass dieses Ding verschwindet.

Anna dachte nach, sie hatte eine Idee. Leider läutete es zur zweiten Stunde und Anna musste ihre Idee erst einmal für sich behalten. In der großen Pause konnten sie sich darüber weiter unterhalten.

„Wenn man genau überlegt, muss dieser Gegenstand ja auch etwas mit der Vergangenheit zu tun haben. Irgendwie ist er ja in den Besitz von diesem Herrn Kranz gelangt.

Der muss etwas über dessen Geheimnis gewusst haben, sonst wäre sein Plan, deinen Opa damit zu blenden, nicht aufgegangen.

Andererseits ist ihm dieses Ding nicht so wichtig gewesen, sonst hätte er es bestimmt nach Gebrauch wieder an sich genommen."

Hanna schaute Anna überrascht an. Was Anna da sagte, hatte Hand und Fuß. „Die Alten sind immer noch da, sogar der Mann, von dem man behauptet, er wäre von einem anderen Stern befindet sich noch in der Fabrik.

Diese Leute zu fragen, kann doch nicht verkehrt

sein. Entweder sie können uns weiterhelfen oder sie zucken mit den Schultern. Mehr kann eigentlich nicht passieren."

„Ja", sagte Hanna „du hast recht. Warum bin ich nicht darauf gekommen. Deine Idee ist klasse. Hast du nach der Schule Zeit? Wir könnten auf dem Nachhauseweg einen Umweg machen und nachfragen."

„Nein, heute muss ich pünktlich zu Hause sein. Mama hat für Rambo einen Tierarzttermin vereinbart, der Ärmste muss geimpft werden. Da will ich bei ihm sein, um ihn zu trösten.

Du kannst ja schon einmal fragen, ob sich die Herren dieses Ding überhaupt anschauen wollen."

Die Pause war vorüber, es läutete zur nächsten Stunde, doch die Mädchen waren für den Rest der Unterrichtszeit nicht mehr so recht bei der Sache.

Anna handelte sich sogar noch einen Tadel von der Lehrerin ein.

Nach Schulschluss verabredeten sie, dass Anna sich telefonisch bei Hanna melden würde, sobald sie wieder zu Hause sei.

Schnellen Schrittes ging Hanna in Richtung Fabrik. Sie dachte an die armen Leute, die dort noch ausharren mussten.

Zurzeit schien ja wenigstens tagsüber die Sonne, doch schon am frühen Abend wurde es sehr kalt. In der Fabrik gab es keinen Strom und keine Heizung.

Als Hanna durch die Seitentür schlüpfte, wunderte sie sich, denn die Halle sah geräumt aus. Bis auf einige Tische und Matratzen war alles leer. Welch Andrang herrschte hier bei ihrem ersten Besuch.

Ein Mann kam auf sie zu und Hanna erkannte ihn als einen der Männer, die sie damals besucht hatten; auch beim Ausprobieren des Aufzuges war er dabei. Er erinnerte sich sofort an Hanna, war erfreut, sie zu sehen, und begrüßte sie recht herzlich.

„Schön, dass du uns hier besuchst, wir sprechen täglich von dir, schaue dich um, alles ist so gut wie leer. Allerdings können wir nicht alle auf einmal in ihre Zeit zurückschicken.

Hier wird es jetzt zu kalt, die Leute haben sich bis zu ihrer Abreise wärmere Quartiere gesucht. Wir arbeiten mit Hochdruck daran, alle nach Hause zu bringen. Der Aufzug fährt Tag und Nacht." Hanna war beeindruckt.

„Komm mit, der harte Kern ist noch hier, der eine oder andere findet noch den Weg zu uns. Da sich die Adresse herumgesprochen hat, wollen wir weiterhin als Anlaufstelle bleiben."

Während er sprach, führte er Hanna zu einem Tisch ganz hinten in einer Ecke. Dort saßen auch die anderen Männer, die damals dabei waren.

Freudig standen sie alle auf und begrüßten Hanna, als wäre sie eine alte Bekannte. Sie boten ihr einen Stuhl an, wofür sie sich artig bedankte und dann überlegte, wie sie ihre Frage formulieren sollte.

„Ich habe eine Bitte", begann sie etwas unbeholfen. „Alles, was in unserer Macht steht, würden wir für unsere Retterin tun."

Der Alte sagte dies mit einem Ernst in der Stimme, dem man anmerkte, dass er Wort für Wort genauso meinte, wie er es aussprach.

„Na ja, ich möchte eure Meinung erfahren zu einem Gegenstand, der sich in meinem Besitz befindet. Wenn ihr etwas Zeit habt, möchte ich euch erzählen, was ich über dieses Ding weiß."

Die Männer nickten und Hanna sagte alles, was sie wusste. Bei ihrer Schilderung wurde der Außerirdische, so nannte Hanna den Mann insgeheim, immer aufgeregter. Einmal, als Hanna über den Blitz sprach, der Opa geblendet hatte, sprang er auf.

Der Alte zog ihn wieder zurück auf seinen Stuhl und legte den Finger auf den Mund. Hanna erzählte weiter und endete mit dem Erlebnis von gestern Abend. Sie überlegte kurz, ob sie die Bären erwähnen sollte, kam aber zu dem Schluss, dass diese Männer nicht alles wissen müssten.

Sie änderte den Schluss ihrer Schilderung so, als hätte das Ding von alleine aufgehört zu glühen.

Nach ihrer Erzählung holte sie tief Luft und schaute sich fragend in der Runde um.

Der Außerirdische erhob sich langsam, man sah ihm an, dass seine Knie zitterten.

Er ging auf Hanna zu, fasste sie bei den Schultern, schaute tief in ihre Augen und sagte leise, mit fast versagender Stimme: „Wenn das stimmt, was du sagst, und wenn es das ist, was ich vermute, dann hast du mir zum zweiten Mal das Leben gerettet."

DIE RETTUNG FÜR DEN AUSSERIRDISCHEN

Alle am Tisch sahen sich ratlos an. „Bitte, können wir sofort gehen? Ich werde euch unterwegs erzählen, was ich mir erhoffe." „Natürlich kommen wir alle mit, es bedeutet uns viel, auch dir zu helfen. Schließlich hast du durch die Entschlüsselung der Papierrollen erst alles in Bewegung gebracht. Du hast wesentlich zu unserer Rettung beigetragen."

Der Alte war sofort aufgestanden. Alle anderen nickten zustimmend und standen ebenfalls auf. Der Außerirdische war schon aus dem Raum gegangen und wartete aufgeregt vor der Tür.

Die Gruppe machte sich auf den Weg. Alle waren sehr gespannt, keiner konnte sich so recht erklären, was sie erwartete. „Wenn es euch recht ist, schaue ich mir das Ding, wie Hanna es nennt, an, dann verrate ich euch, was es damit auf sich hat." Schnellen Schrittes ging der Mann voraus. Erst vor Hannas Haus machten sie Halt.

„Liebe Hanna, es wäre mir lieb, wenn du das Ding hier herausholen würdest. Wenn es wirklich mein Schaltmodul ist, begegne ich ihm besser im Freien. Es besteht so etwas wie eine Verbindung zwischen uns und ich weiß nicht, wie es nach so langer Zeit reagiert.

Es ist möglich, dass das Blitzen, was ja erst nach meinem Besuch bei dir auftrat, und das Glühen von gestern eine Reaktion auf meine Nähe gewesen ist. Ich war nämlich gestern in eurem Garten, um mich von einigen Weggefährten zu verabschieden."

Hanna war beeindruckt. Die anderen schauten sich bedeutungsvoll an.

„Aber was passiert, wenn dieses Ding jetzt genauso wie gestern reagiert? Nein, nein, du musst mitgehen, oder besser, du gehst alleine in mein Zimmer.

Wenn alles in Ordnung ist, kannst du die anderen ja hochrufen. Ich lasse euch die Tür auf. Ich muss mich jetzt bei meiner Mutter blicken lassen, deswegen gehe ich so lange zu ihr in die Küche." Sie blickte in die Runde. Die Männer nickten.

„Du hast recht, das ist die beste Lösung, gehen wir!" Hanna schloss die Tür auf und ließ den Außerirdischen herein. Sie legte einen Keil zwischen Tür und Rahmen und ging schweigend die Treppe hoch.

„Hallo, Mama, ich bin wieder da, die Schule ist aus." Mit diesen Worten betrat Hanna die Wohnung. Ihr Zimmer lag eine Treppe höher, sie nickte dem Mann noch zu und zeigte mit der Hand nach oben. Dieser wusste Bescheid, schließlich war er schon einmal hier.

„Hanna, wenn ich gewusst hätte, dass du schon kommst, hätte ich dich mit angemeldet. Ich habe jetzt einen Termin beim Frisör. Nach deinem Stundenplan hättest du noch zwei Stunden."

Oh weh, Hanna fiel ein, dass sie schon vor Tagen einen neuen Stundenplan bekommen, aber total vergessen hatte, ihn zu Hause abzugeben. Kleinlaut berichtete sie das ihrer Mutter.

Doch die war in Eile und sagte nur: „Leg mir deinen neuen Stundenplan auf den Tisch, ich sehe ihn mir später an. Bis gleich, wenn ich jetzt nicht gehe, komme ich zu spät." Mama nahm ihre Tasche und ging.

Das kam ja gerade recht. Gespannt lauschte Hanna nach oben, kein Geräusch drang zu ihr herunter. Die Männer standen noch vor dem Haus. Hanna rief sie hoch, sie brauchten nicht im Kalten zu warten. Die Zeit verging und nichts passierte.

Der Alte schlug vor, nachzusehen. „Lass ihm noch einige Minuten, wenn etwas passiert wäre, hätten wir das bestimmt gehört." Noch während der Mann sprach, hörten sie Rufe von oben. Gespannt gingen alle die Treppe hoch.

Hanna schaute sich in ihrem Zimmer um, es schien alles an seinem Platz zu stehen. Sie sah nach dem zweiten Bären, auch der saß auf seinem Platz.

Hanna ging zu ihm und nahm ihn auf den Arm, sie bekam wieder so ein seltsames Gefühl.

Der Außerirdische hatte plötzlich ein Funkeln in den Augen, so etwas hatte sie noch nie gesehen. Sie leuchteten fast rot. „Ihr seid in den letzten Wochen meine Freunde geworden."

Alle, die im Raum standen und diese Worte hörten, fühlten, wie ein Schauer über ihren Rücken lief. Nicht wegen dem, was er sagte, sondern wegen der Stimme, mit der der Mann sprach. Äußerlich hatte er sich nicht verändert, aber diese Stimme!

Hanna hatte noch nie so etwas gehört und sie war sich sicher, dass es allen Männern genauso ging. Ein Reibeisen mit Donnerhall, das war das

Erste, was ihr durch den Kopf schoss. Wenn er ein Feind wäre, könnte er alleine mit seiner Stimme eine ganze Armee in die Flucht schlagen.

„Ich hoffe, es wird so bleiben", fuhr der Fremde fort. „Jetzt kann ich euch die Wahrheit über mich erzählen.

Hanna, durch dich bin ich erlöst. Ihr habt mit eurer Vermutung über meine Herkunft fast recht. Meine Mutter war ein Erdenmensch, mein Vater aber ein Untererdenmensch. Ich komme aus einer längst vergangenen Zeit, wenn ihr so wollt aus der vergangenen Vergangenheit.

Die Untererdenmenschen kamen tatsächlich irgendwo aus dem Weltall, ihr Raumschiff strandete auf dieser Erde. Da die Menschheit für ihre Begriffe noch nicht weit entwickelt war, zogen sie sich, um Konflikte zu vermeiden, in unterirdische Höhlen zurück.

Sie hofften, ihre Leute würden sie irgendwann finden. Mein Vater, der wohl öfter die Oberfläche erkundete, lernte so meine Mutter kennen. Aber jetzt die ganze Geschichte zu erzählen, wäre zu aufwendig. Jedenfalls entwickelte sich damals die Menschheit dank dieser Unterirdischen rasant.

Ob ihr es glaubt oder nicht, unsere Zivilisation war schließlich am Ende höher entwickelt als jetzt die eurige.

Was dann passierte, ließ alle Zeittore für immer verschließen. Keine nachfolgende Generation sollte erfahren, was uns geschehen war.

DIE VERABSCHIEDUNG

So ist es gekommen, dass ich, als Zeitreisender unterwegs, plötzlich von meiner Zeit abgeschnitten war. Ähnlich wie ihr jetzt, nur gab es für mich keinen Weg zurück. Ich reiste in einer Zeitmaschine.

Nach monatelangen Berechnungen tat sich für mich dann doch eine Möglichkeit auf, in meine Zeit zurückzukehren.

Mit dem Wissen, das ich jetzt hatte, hätte ich vielleicht einige Dinge ungeschehen machen und so die Katastrophe abwenden können. Es bestanden zwar viele Risiken, aber einen Versuch war es wert.

Ich hatte herausgefunden, dass andere Zeitreisende aus meiner Zeit ihre Zeitmaschinen an einem abgeschirmten Ort abgestellt hatten und zusammen versuchen wollten, in unsere Zeit zurückzukommen.

Dabei wären meine Berechnungen sehr wichtig gewesen. Nachdem ich diesen Ort gefunden hatte, suchte ich als Nächstes nach einem ganz bestimmten Gegenstand — diesem hier …"

Triumphierend hob er das glänzende Ding in die Höhe.

„Hast du bitte einen Schluck Wasser für mich, meine Kehle ist ganz ausgetrocknet." Hanna nickte, die Männer lächelten sich an.

Sie ging hinunter, um Wasser zu holen. Sie hatte zwar immer eine Flasche in ihrem Zimmer, doch der kleine Schluck, der da noch drin war, reichte nicht. Als sie in der Küche ankam, klingelte das Telefon, es war Anna.

„Na, was ist? Hat dein Fragen etwas ergeben?"
„Komm einfach, so schnell du kannst, her. Was hier gerade passiert, glaubst du nicht! Da muss man dabei sein. Das Ding ist ein Volltreffer. Bis gleich."

Ehe Anna noch etwas erwidern konnte, hatte Hanna schon aufgelegt. Sie nahm eine Flasche Wasser, mehrere Gläser und ging wieder in ihr Zimmer.

Der Fremde hatte seine Geschichte noch nicht weitererzählt, es war ihm wichtig, dass Hanna alles erfuhr. Nachdem er sein Glas mit einem Schluck leer getrunken hatte, berichtete er weiter: „Das Ding, wie du es nennst, ist für uns

Zeitreisende ein Schlüssel. Es gibt nur drei dieser Art. Sie lagerten an zentralen Orten. Diese waren uns natürlich bekannt.

Wir brauchten sie auch nicht ständig, man kann sie mit den heutigen Tankstellen vergleichen. Sie lieferten uns Energie und Informationen. Wenn es einen Weg zurück gibt, dann nur mit Hilfe dieses Schlüssels.

Die Orte lagen in verschiedenen Zeitzonen, dieser Schlüssel lag, wie ihr wisst, in einer gar nicht so weiten Vergangenheit.

Es war für mich sehr schwer, ohne meine Zeitmaschine dorthin zu gelangen, und nur über Umwege durch verschiedene Zeittoren kam ich in diese Zeit.

Zu meinem Entsetzen musste ich feststellen, dass der eigentlich gut gesicherte Schlüssel nicht mehr da war.

Es war eine Katastrophe, denn die zwei anderen Schlüssel waren für mich unerreichbar. Als ich mich von meinem Schrecken erholt hatte, begann ich, mich in der Bevölkerung umzuhören.

Ich erfuhr, dass zuerst ein Mann, auf den die Beschreibung dieses Herrn Kranz passt, herumgeschnüffelt hat. Dieser war jedoch plötzlich verschwunden, dafür wurde des Öfteren eine kleine Frau in der Nähe unseres Verstecks gesehen.

Wir hatten natürlich unsere Schlüssel durch Menschen der jeweiligen Zeit bewachen lassen. Durch den Zusammenbruch unserer Zivilisation fehlten zukünftig die Zahlungen für diese Leute. Daraufhin stellten sie dann wohl die Bewachung irgendwann ein.

Um mehr über diese Frau zu erfahren, reiste ich Jahr für Jahr weiter, bis ich hier gelandet bin. Ich kam dieser Frau auch sehr nahe und sah sie vor einiger Zeit zusammen mit diesem Herrn Kranz, sie hatte einen Hund bei sich." Der Mann hielt inne und griff noch einmal zur Wasserflasche.

Hanna hatte, als der Fremde eine ältere Frau erwähnte, Frau Siebel vor Augen. Als er dann noch den Hund erwähnte, wusste sie es sicher.

„Mein Plan war es, diese Frau einmal alleine abzupassen und sie dann nach dem Verbleib meines Schlüssels zu fragen. Dann kam Hanna mit den Schriftrollen dazwischen und ich fand es wichtiger, erst einmal euch zu helfen.

Dass sich das für mich so auszahlen würde, habe ich im Traum nicht gedacht. Nun habe ich meinen Schlüssel und damit die Gelegenheit, sofort in die richtige Zeit zurückzureisen.

Ich würde jetzt gerne so schnell wie möglich zu meiner Zeitmaschine und zu meinen Kameraden fahren.

ERSTER HINWEIS

Aber Hanna, ehe ich es vergesse, in den Schriftrollen habe ich noch eine Botschaft gelesen. Da sie für das Zeittor nicht wichtig war, habe ich sie damals nicht erwähnt.

Die Rede war von einem DRITTEN Bären, er versteckt sich zwischen den Zeiten. Die Bären bilden, wenn sie zusammen sind, eine Allianz, die man zum Guten oder Bösen verwenden kann.

Wörtlich stand da: Ein Bär ist immer sichtbar, einer gut versteckt und einer unsichtbar zwischen den Zeiten. Wer alle Bären zusammentut, kann Gutes, aber auch Böses vollbringen."

„Bitte, du redest in Rätseln. Zwischen den Zeiten? Unsichtbar? Stand da nicht etwas Konkretes? Soll ich dir die Rollen noch einmal bringen?" Hanna merkte, dass sie feuchte Hände bekam.

„Nein, das brauchst du nicht, ich weiß genau, was da stand. Mein Gedächtnis ist programmiert, einen einmal aufgenommenen Text Wort für Wort wiedergeben zu können.

Es tut mir leid, mehr stand nicht in den Rollen. Auch ich kann mir keinen Reim darauf machen. Kann einer von euch Hanna weiterhelfen?" Er schaute sich fragend in der Runde um.

Alle anderen schüttelten mit den Köpfen, so etwas hatte noch keiner gehört. „Da kann man nichts machen, danke für die Information, vielleicht erfahre ich zu gegebener Zeit ja noch mehr darüber, irgendwer muss doch etwas wissen.

Vielleicht war Herr Kranz ja hinter den Bären her, er wusste vielleicht etwas über die Schriftrollen, er wusste ja auch etwas über den Schlüssel, ich weiß nicht, wer er ist und wo er herkommt.

Er war schon in allen Zeiten der Vergangenheit und hier in der Gegenwart für alle sichtbar. Wer kann schon sagen, wie alt er ist oder wo er herkommt."

Es schellte, Anna kam. Sie nahm einen Arm des Teddys und begrüßte artig die Männer. „Es ist schön, dich noch einmal zu sehen."

Der Fremde sprach Anna an und alle sahen, wie sie zusammenzuckte. Keiner schmunzelte, ihnen erging es ja genauso, als sie die Stimme zum ersten Mal hörten. „Ich glaube, deine Freundin hat dir einiges zu erzählen.

Jetzt möchte ich mich verabschieden, wir werden uns wohl nie wiedersehen. Ihr alle habt mir Hoffnung gegeben, bitte drückt mir die Daumen, dass ich meinen Platz in meiner Welt wieder einnehmen kann.

Hanna, bitte nimm dich vor diesem Herrn Kranz in Acht, ich weiß zwar nichts über ihn, aber unterschätze ihn niemals. Lebt wohl!"

Er winkte noch einmal kurz und ging in Richtung Tür. Der Alte erhob sich und sagte: „Wenn es dir recht ist, gehen wir noch mit dir zum Bahnhof, um dich zu verabschieden. Es sollte ein würdiger Abschied sein." Der Fremde nickte.

Die Männer winkten den Mädchen zu und gingen mit dem Fremden hinaus.

EIN NEUER FREUND?

Hanna ließ sich auf ihr Bett fallen. „Was war denn das?" Anna setzte sich neben Hanna. „Das war das Ergebnis deiner Idee, du lagst richtig, das Ding gehört dem Fremden, ich mache uns jetzt erst einmal einen heißen Kakao, dann erfährst du die Geschichte des Jahrhunderts."

Anna konnte nicht glauben, was sie hörte. Hanna war noch nicht mit ihrer Geschichte fertig, als Mutter von unten rief.

„Wir kommen gleich, Anna ist hier, wir trinken nur unseren Kakao leer!" Um nichts in der Welt wollte Anna auf das Ende der Geschichte verzichten.

„Natürlich glaube ich dir alles", sagte sie, als Hanna mit den Worten „wenn ich es nicht erlebt hätte, ich würde es nicht glauben" endete. „Habt ihr euch auch so über diese fürchterliche Stimme erschrocken?" Anna schüttelte sich.

„Oh ja, einer hat mehr gezuckt als der andere. Ich weiß ja nicht, was dieser Typ gemacht hat, als er hier mit diesem Ding alleine war. Hat ganz schön gedauert, bis er uns rief." Mit diesen Worten gingen sie die Treppe hinunter.

„Ja, find ich auch, hat ganz schön gedauert, ich habe schon vor einiger Zeit nach euch gerufen." Mutter stand in der Küche und rührte in einem Topf, aus dem es sehr gut roch.

„Schließlich hast du noch nichts gegessen, es hat länger gedauert, als ich dachte. Trotz Termins musste ich noch über eine halbe Stunde warten.

Schuld daran war Frau Siebel, sie war vor mir dran und hat über alles gemeckert, die Tönung war zu hell, das Haar zu kurz geschnitten. Die arme Friseuse tat mir am Ende leid."

„Dafür ist deine Frisur aber glänzend gelungen", schmeichelte Hanna. Mutter lächelte, dann stellte sie zwei Teller für die Mädchen auf den Tisch, ging ins Schlafzimmer und drehte sich vor dem großen Spiegel hin und her.

Sie hatte sich einen anderen Schnitt verpassen lassen und musste zugeben, dass ihr diese neue Frisur auch viel besser gefiel. Sie war gespannt, was ihr Mann dazu sagen würde.

Nach dem Essen zogen sich die Mädchen wieder in Hannas Zimmer zurück. Es gab noch so unheimlich viel zu bereden. Am späten Nachmittag ging Anna mit dem schönen Gefühl heim, etwas Gutes getan zu haben.

Hanna erledigte noch ihre Schularbeiten und war gerade dabei, die letzten Zeilen eines Gedichtes abzuschreiben, als Papa nach Hause kam.

Erwartungsvoll sah Mutter ihn an. Erst wusste er gar nicht, was sie von ihm wollte, er kannte seine Frau aber gut und schaute genauer hin. Wenn es etwas zu sehen gab und er nicht reagierte, konnte sie sehr sauer werden.

Hanna stand vom Tisch auf, stellte sich hinter ihre Mutter und zeigte mit beiden Händen auf deren Kopf. Vater verstand immer noch nicht.

Hanna verdrehte die Augen und wuschelte durch ihr Haar, dann zeigte sie wieder auf Mutter. Nun endlich sah es Vater auch, seine Frau hatte eine neue Frisur!

„Wow", sagte er, „ich habe dich gar nicht erkannt, bist du wirklich meine Frau? Im ersten Moment dachte ich, ich hätte ein Model vor mir."

Puh, das war noch einmal gut gegangen. Hanna verdrehte wieder die Augen und setzte sich zu ihren Aufgaben.

„Schmeichler." Mama fühlte sich sichtlich wohl. Papa zwinkerte Hanna zu und ging ins Bad. Hanna brachte ihre Sachen hoch, packte ihre Schultasche für den nächsten Tag und setzte sich dann zu ihren Eltern ins Wohnzimmer.

Die unterbrachen ihr Gespräch und Papa wandte sich an Hanna: „Wie wäre es, wenn ihr schon am nächsten Montag in den alten Unterlagen schmökern könntet?"

„Das wäre supertoll, ich habe Anna noch gar nichts gesagt, denn wenn es nicht geklappt hätte, wäre ihre Freude umsonst gewesen."

„Woher weißt du denn, dass Anna sich auch dafür interessiert?" „Irgendwie ist wohl von euren Plänen etwas durchgesickert, wir haben uns über dieses Thema in der Klasse unterhalten und Anna war Feuer und Flamme."

„So so, durchgesickert …" Papa schaute Hanna an.

„Ich war es nicht, großes Indianerehrenwort."
Hannas Stimme klang entrüstet. „Ist ja schon
gut", beschwichtigte Vater, „es ist schon länger
ein offenes Geheimnis." Mutter erhob sich, um
in der Küche das Abendessen vorzubereiten.

Beim Abendessen unterhielten sie sich noch über
Mutters neue Frisur und dass auch Hanna unbe-
dingt zum Haarschneiden musste. Auch über
Frau Siebel und die arme Friseuse ließ Mutter
sich noch eine Weile aus.
Hanna gähnte einige Male laut und Mutter sagte:
„Verstanden, geh doch einfach ins Bett."

Sie ließ sich noch eine Badewanne volllaufen, das
Schaumbad von Mama kam ihr gerade recht. Sie
wollte den Abend langsam und gemütlich aus-
klingen lassen. Im warmen Wasser konnte sie am
besten nachdenken.

Sie wünschte dem Fremden viel Glück, er hatte
wohl recht, sie würden sich vermutlich nie mehr
wiedersehen. Aber was im Leben so alles passierte, konnte man nie voraussehen.

Aber sie nahm sich auch vor, seine Warnung vor
Herrn Kranz ernst zu nehmen. Gleich morgen
würde sie mit Anna über Montag reden, sie

hoffte, Anna würde ihre Begeisterung teilen. In der Schule klang es wenigstens so.

Endlich war der wichtige Tag gekommen, Hanna und Anna durften in das Archiv, in dem die alten Unterlagen abgelegt waren, die über Zauberer und Hexen früherer Zeiten hier bei ihnen und in der Umgebung Auskunft geben sollten.

Aufgeregt warteten sie das Ende der letzten Stunde ab. Die Lehrerin gab noch die Hausaufgaben für die laufende Woche bekannt, dann durften sie endlich nach Hause.

Anna hatte sich von Hannas Aufregung anstecken lassen. Irgendwie fand sie es gar nicht so spannend, dass früher einmal einige Kräuterfrauen als Hexen angesehen wurden.

Die beiden gingen sofort nach Schulschluss zum verabredeten Treffpunkt, Hannas Vater wartete schon. Er war in ein Gespräch vertieft und sah die Mädchen nicht sofort.

Neben dem fremden Mann, der sich mit Vater angeregt unterhielt, stand ein Junge.

Er sah ein wenig gelangweilt aus und hatte beide Hände in den Hosentaschen vergraben. Hanna betrachtete ihn aus einiger Entfernung genauer, sie schätzte ihn auf ein bis zwei Jahre älter als sie. Er war ziemlich schlank und hatte blonde Haare.

Anna stieß sie grinsend an: „He du, fängst du jetzt schon an, nette Jungs anzustarren; wenn der das bemerkt …"

Hanna erschrak. Hatte sie wirklich gestarrt? Sie konnte nicht leugnen dass sie den Jungen mächtig nett fand.

„Ach, so ein Quatsch, ich habe nur überlegt, mit wem sich mein Vater da unterhält, ich kenne diesen Typen gar nicht. Meine zweite Überlegung war, ob der Junge dazugehört. Na ja, der ist doch wirklich schnuckelig." Anna verdrehte die Augen.

„Das fängt ja gut an, du weißt doch gar nicht, wer das ist." Die beiden waren bei ihrer Unterhaltung so nahe gekommen, dass Vater sie bemerkte.

Er klopfte seinem Gesprächspartner auf die Schulter und verabschiedete sich mit den Worten: „Ah, da ist ja meine Tochter, es war sehr interessant, mit Ihnen zu reden.

Wenn wir einmal mehr Zeit haben, sollten wir dieses Gespräch fortsetzen.

Einen schönen Gruß an Ihre Frau Gemahlin und tschüss, junger Mann." Er gab dem Jungen die Hand und drehte sich dann den Mädchen zu.

FRAU FICHTE

„Schön, dass ihr so pünktlich seid, meine Mittagspause ist gleich zu Ende und ich wollte euch doch gerne persönlich bei Frau Fichte abliefern.

Frau Fichte verwaltet das Archiv und lässt nicht gerne Fremde in ihr Heiligtum. Ihr beide wisst ja Gott sei Dank, wie man sich benehmen muss, seid nett zu der Dame und fragt lieber einmal zu viel, bevor ihr irgendwo drangeht.“

Na, das fängt ja gut an, dachte Hanna, wir wollen der Frau doch nichts durcheinanderbringen. Nur einmal schauen. „Das gerade war übrigens mein neuer Kollege, er scheint doch netter als sein Ruf zu sein. Ich sage ja immer, man darf nichts auf das Geschwätz der Leute geben, man muss sich selber ein Bild machen.“

Hanna grinste, war es nicht Papa, der sich so über diesen Menschen aufgeregt hatte. Sie schaute Anna an. Die zuckte nur mit den Schultern.

„Ja, Herr Hörster sucht hier in der Gegend ein Haus, der da, der junge Mann“, Papa drehte sich um und zeigte auf den Jungen, „das ist sein Sohn.

Der lebt noch mit seiner Mutter in einer anderen Stadt. Die beiden kommen nach, sobald hier etwas Passendes gefunden ist." Anscheinend war das Gespräch doch sehr nett gewesen, denn Papa wirkte ganz locker.

Sie durchquerten einige Nebenstraßen und standen dann vor einem älteren Gebäude, das Hanna noch nie aufgefallen war. „So, hier sind unsere Schätze vergraben." Vater grinste.

„Das, was hier schlummert, war wirklich so gut wie vergraben. Keiner hat sich die letzten Jahrzehnte dafür interessiert. Es ist verwunderlich, dass Frau Fichte nicht darin vermodert ist." Papa lachte, er hatte einen für ihn ungewöhnlichen albernen Scherz gemacht.

Die Mädchen schauten sich wieder nur an, so kannten sie ihn gar nicht. Nach zweimaligem Klingeln hörte man hinter der dicken Tür schlurfende Schritte.

Die Tür wurde langsam geöffnet und eine bezaubernde ältere Dame stand vor den dreien. Hanna dachte direkt an die gute Fee aus dem Märchen.

Frau Fichte sah alle drei nacheinander prüfend an. Ein Lächeln ging über ihr Gesicht, sie nickte und sagte dann: „Es war gut, dass Sie angerufen haben, ich glaube, ich habe schon lange auf Ihren Besuch gewartet, es wird doch langweilig mit den Jahren hier, immer alleine."

Mit diesen Worten ging sie einen Schritt zurück, um die drei eintreten zu lassen.

„Es tut mir leid, aber meine Pause ist gleich um." Papa zeigte auf seine Armbanduhr. „Ich wollte Ihnen die Mädels nur persönlich bringen, wir beide kennen uns ja auch nur vom Telefonieren, es ist schön, sie einmal zu sehen, denn jetzt weiß ich, welch netter Mensch sich hinter Ihrer sympathischen Stimme verbirgt."

Papa kam ins Stottern, es war auch ziemlich dick aufgetragen, was er sagte.

Frau Fichte lachte. „So etwas Nettes habe ich lange nicht mehr gehört, ich bedanke mich für Ihre Komplimente."

„Ich muss jetzt wirklich los, wir beide telefonieren bestimmt noch öfter miteinander, jetzt, wo Ihre Unterlagen wieder interessant werden." Mit diesen Worten drehte Papa sich um, winkte noch einmal und war verschwunden.

„Ein netter Mann, dein Vater." Frau Fichte ging den Gang, der sich vor den Mädchen auftat, hinunter, ohne sich noch einmal umzuschauen. Die Mädchen folgten ihr.

Keiner, der das Haus von außen sah, konnte ahnen, dass sich hier eine neue Welt auftat. Der Gang schien endlos, rechts und links waren Türen, so viele hatten die beiden noch nie gesehen.

Erst Minuten später bog Frau Fichte nach rechts ab — oh Schreck, dieser Gang war noch länger, er wirkte, als würde er am Ende zusammenlaufen.

Die Mädchen kamen aus dem Staunen nicht mehr heraus, das war unmöglich, so groß war dieses Haus ja gar nicht.

Als ob Frau Fichte ihre Gedanken lesen konnte, sagte sie: „Die langen Gänge sind eine optische Täuschung, ich weiß nicht genau, Hanna, ist deine Freundin in alles eingeweiht?"

Hanna sah sie mit großen Augen an. „Ich weiß nicht, was Sie meinen", stotterte sie unsicher.

„Oh, ich meine die Sache mit deinen Reisen in die Vergangenheit und deinen Bären."

Hanna wusste nun gar nicht mehr, wie sie reagieren sollte, diese Frau hatte sie in ihrem ganzen Leben noch nicht gesehen, woher wusste sie so genau über sie Bescheid?

„Nun ja, beste Freundinnen haben keine Geheimnisse voreinander." Anna war die Erste, die sich gefangen hatte.

„Dachte ich mir doch, es ist schon in Ordnung. Wenn man ganz alleine mit solcher Sache steht, ist das nicht gut." Sie öffnete eine Tür und bat die Mädchen mit einer Handbewegung, einzutreten.

„Als ich eben sagte, dass ich schon lange auf euch gewartet habe, meinte ich das wortwörtlich, ihr wurdet mir, schon lange bevor dein Vater von mir wusste, angekündigt. Frau Müller lebte noch, sie ist eine gute Bekannte von mir.

Sie hat mir viel von dir erzählt und hält große Stücke auf dich, so sagt man wohl. Ihr Tod hat sie in eine höhere Ebene gebracht, ich soll dich schön von ihr grüßen." Mit diesen Worten schloss sie die Tür hinter sich.

Die Mädchen schauten sich um, sie wussten nicht, worüber sie mehr staunen sollten: über die geheimnisvolle Frau Fichte oder über das Zimmer, das sie gerade betreten hatten.

Es besaß mitten im Raum einen Kamin. Um diesen Kamin standen uralte, gemütlich aussehende Ohrensessel.

DIE AUSERWÄHLTEN

Der Raum hatte keine Ecken, sondern war rund. An den Wänden hingen Bücherregale. Doch die meisten davon waren leer. Zwei Regale waren allerdings bis unter die Decke vollgestopft mit Büchern und Schriftrollen. Hanna machte einen Schritt in Richtung der Bücher.

Sie erschraken, denn das Feuer im Kamin ging urplötzlich an und loderte hoch. Frau Fichte bemerkte ihr Erschrecken. „Hab keine Angst, es sind die dienstbaren Geister. Wenn sie bemerken, dass einer lesen möchte, tun sie alles, um es der Person gemütlich zu machen. Hier kommen wirklich nur Leute herein, die darauf ein Anrecht haben."

„Aber wieso habe ich ein Anrecht, hier zu sein?" Hanna wusste nicht, was sie davon halten sollte. Das sah nach dem Beginn eines neuen Abenteuers aus. Sie wollten sich nur alte Schriften ansehen und nun hatten sie eine neue Welt entdeckt, mitten in ihrer Stadt.

„Es gibt einige Leute, die ein Anrecht haben, diese Schriften einzusehen, Herr Hörster gehört nicht dazu", begann Frau Fichte zu erklären.

„Die Leute, die dieses Anrecht haben, gehören zu den Auserwählten. Deine Freundin gehört leider auch nicht dazu, Ausnahmen sind aber in besonderen Fällen möglich.

Tut mir leid, dass ich das so sagen muss, Anna, aber unsere Regeln sind sehr streng und du musst mir schwören, dass du niemals einen Ton über dieses Zimmer verlieren wirst."

„Natürlich nicht, ich schwöre", sagte Anna mit hochrotem Kopf und unsicherer Stimme. Frau Fichte nickte ihr zu. „Ich bin mir sicher, dass du dieses Versprechen nicht brechen wirst. Nun zu dir, Hanna.

Die Auserwählten haben beraten und beschlossen, dich in ihren Kreis aufzunehmen. Sie haben deinen Weg verfolgt und sind sehr zufrieden mit dir. Dein bisheriges Handeln hat ihnen sehr gefallen.

Der erste Schritt ist nun, dass du dich hier umschauen darfst. Natürlich wissen die Auserwählten, dass Anna dir immer geholfen und so manche gute Idee beigesteuert hat.

Ihr müsst euch darüber im Klaren sein, dass Anna eine absolute Ausnahme ist.

In meiner Laufbahn ist mir so ein Fall noch nie untergekommen. In diesen Schriften findet ihr ein Wissen, welches die Menschen in vielen Generationen zusammengetragen haben.

Natürlich ist das in den meisten Bibliotheken so, nur die Inhalte unterscheiden sich doch sehr zwischen diesen Büchern und denen der restlichen Bibliotheken." Frau Fichte machte eine Pause, um ihre Worte wirken zu lassen.

In diese Stille hinein klang plötzlich ein sehr leises, aber doch durchdringendes Geräusch. Frau Fichte hob den Kopf. „Ich muss euch nun für einige Zeit allein lassen. Seht euch in aller Ruhe um.

Wenn ihr euch Bücher aus den oberen Regalen anschauen möchtet, dann sagt das den dienstbaren Geistern. Zeigt einfach auf das Buch, das euch interessiert, und sie lassen es zu euch schweben."

Mit diesen Worten war sie auch schon weg. Als sich die Tür hinter ihr schloss, war auch das Geräusch verschwunden.

Verwundert schauten sich die Mädchen um, das Feuer im Kamin loderte jetzt knisternd vor sich hin. Es verbreitete eine angenehme Wärme. Hanna griff wahllos nach einem Buch. Es war in einer ihr fremden Schrift geschrieben. Sie nahm ein zweites, aber auch mit dieser Schrift konnte sie nichts anfangen.

Anna hatte mehr Glück, sie fand auf Anhieb ein in deutscher Sprache geschriebenes Buch. Neugierig blickte auch Hanna hinein. Sie lasen eine Seite und schauten sich grinsend an. Anna hatte ein Kochbuch erwischt.

Die Zutaten hörten sich merkwürdig an, sie erinnerten die Mädchen an alte Märchen, in denen die Hexen Krötenbeine und Kuhaugen zusammenmischten. Ganz so schlimm war es zwar nicht, doch sie konnten sich beim besten Willen nicht vorstellen, was das für ein Sud werden sollte.

Gerade als sie die nächste Seite mit der Auflösung umgeblättert hatten, ging die Tür wieder auf. Frau Fichte erschien und man merkte ihr an, dass etwas geschehen sein musste. „Es tut mir unendlich leid, aber ich muss euch bitten zu gehen.

Die Auserwählten müssen unbedingt Einsicht in einige Bücher haben, es ist etwas vorgefallen, das auch euch betrifft, deshalb sage ich es euch." Nachdem sie sich etwas gesammelt hatte, sprach sie weiter: „Aus verlässlichen Quellen haben wir soeben erfahren, dass es Herrn Kranz gelungen ist, auszubrechen!" Jetzt lag etwas wie Panik in ihrer Stimme.

„Unsere dienstbaren Geister sind immer vor dem Gefängnis gewesen und haben alles aufmerksam beobachtet. In das Gebäude zu schweben, wäre zu gefährlich gewesen, Herr Kranz hätte ihre Anwesenheit sofort bemerkt. Natürlich verfolgen sie ihn auf Schritt und Tritt.

Leider können sie ihn aber nicht ergreifen oder aufhalten. Sollte er versuchen, sich dir und den Bären zu nähern, würden wir auch das sofort erfahren, denn unsere dienstbaren Geister bewachen und beschützen dich schon lange.

Ihr könnt natürlich wiederkommen und euch nochmals hier umschauen, nur jetzt nicht, ihr versteht?"

Beklommen nickten die Mädchen. Diese Nachricht gefiel ihnen gar nicht. Wie konnte es Herrn

Kranz nur immer gelingen, sich aus dem Staub zu machen?

Wieder ging Frau Fichte vor. Diesmal erschienen den Mädchen die Flure nicht so lang. So schnell sie konnten, gingen sie hinter Frau Fichte her. Die schien über dem Boden zu schweben, Hanna wunderte sich, dass sie ihre Füße anscheinend gar nicht benutzte. Nach einer schnellen Verabschiedung fiel die Tür hinter ihnen ins Schloss.

Na, das war doch mal was, wieso interessierten sich die Auserwählten und die dienstbaren Geister so sehr für Herrn Kranz? Es war zwar sehr unangenehm zu fürchten, dass Herr Kranz sich Hanna noch einmal nähern würde, aber der hatte ja am eigenen Leib erfahren, dass man sich Hanna und den Bären nicht einfach nähern konnte.

Das letzte Mal endete es für ihn im Gefängnis und für seinen Begleiter irgendwo im Niemandsland. Hanna hätte zu gerne gewusst, wohin die Bären diesen Mann verbannt hatten. Hätten sie ihn ausgelöscht, wäre bestimmt Asche von ihm übrig geblieben.

Sie war sicherlich nicht der Grund für die Hektik, die die Auserwählten befallen hatte. Herr Kranz war ihr größtes Rätsel.

Anna hob die Schultern und ließ sie wieder fallen. „Schade, gerade hatte ich Gefallen an den Büchern gefunden, was meinst du, hätten wir mit dem Rezept Krötensuppe oder Mäusebraten kochen können?" Sie stieß Hanna freundschaftlich an. Eigentlich wollte sie ihre in Gedanken versunkene Freundin nur etwas aufheitern.

Hanna schaute sie zwar an, aber ein Lächeln konnte sie nicht auf ihr Gesicht zaubern. „Ich glaube, wir wissen zu wenig, um zu begreifen. Hier ist etwas im Gange, das wahrscheinlich sehr ernste Konsequenzen für uns alle haben kann.

Wenn ich nur wüsste, wen wir noch nach der Rolle, die Herr Kranz spielt, fragen könnten. Er muss ein sehr wichtiger Bösewicht in allen Zeiten sein." Sich so unterhaltend gingen die beiden durch die Stadt.

Als sie den Platz vor der Bäckerei überquerten, bemerkten sie eine Reklametafel, auf der mit Sonderangeboten für den Neuanfang des alten Bäckereibetriebs geworben wurde.

In der Renovierungszeit hatten andere Geschäfte ihr Brot- und Kuchenangebot erweitert, nun galt es, die alte Kundschaft zurückzuerobern.

Neugierig schauten die zwei durch die Glasscheiben. Unwillkürlich ging Hanna zur Seitentür und fasste diese an. Da wurden alle Erinnerungen wach. Wie unbeschwert sie doch durch diese Tür in die Vergangenheit gelangt war.

Herr Kranz hatte alles zerstört, nur mit Frau Müllers Hilfe war sie überhaupt wieder in ihre Zeit gelangt. Mit Schaudern dachte sie daran, was passiert wäre, wenn dieser einzige Versuch, den sie hatte, nicht gelungen wäre.

Es wäre ihr ergangen wie Flo und Oliver. Sie nahm ihre Hand von der Tür und schüttelte sich. Hier hatte alles angefangen und vielleicht würde es auch hier irgendwann einmal enden.

DIE RETTUNG VON FRAU SIEBEL

„Vielleicht sollten wir Susy abholen und mit ihr in den Stadtpark gehen? Rambo ist mit Mutter unterwegs, sie konnte ja nicht ahnen, dass wir unseren Termin so schnell erledigt haben." Anna schaute Hanna fragend an.

„Natürlich können wir das, die arme Susy kommt viel zu wenig in den Park, sie ist eine junge Hündin und braucht viel Auslauf. Ich habe noch nie verstanden, warum sich Leute, die sich kaum noch kümmern können, Tiere anschaffen."

„Vielleicht, weil sie sonst nur alleine sind. Natürlich tun sie dem Tier damit keinen Gefallen, doch daran denkt wahrscheinlich keiner dieser Leute.

Frau Siebel ist doch erst durch Susy mit uns bekannt geworden. Wenn sie damals alleine an der Haltestelle gesessen hätte, hätten wir sie doch gar nicht beachtet." „Da hast du auch wieder recht."

Nach ein paar Minuten kamen sie zu Frau Siebels Wohnung und schon im Hausflur hörten sie Susy aufgeregt bellen.

Die Wohnungstür stand offen und die beiden traten ein. Susy kam ihnen schwanzwedelnd entgegen. „Frau Siebel, hallo, Frau Siebel, wir sind es, Hanna und Anna!" Anna rief es laut in die Wohnung hinein, doch es kam keine Antwort.

Susy lief zur Wohnzimmertür und kratzte daran, dann sah sie die Mädchen an. „Als wenn sie uns etwas sagen will." Hanna machte einige Schritte zur Tür und versuchte, sie zu öffnen. Sie musste sich dagegenstemmen, irgendetwas lag hinter der Tür.

„Anna, hilf mir mal, alleine schaffe ich das nicht." Hanna versuchte unter Aufbietung aller Kräfte, die Tür alleine aufzumachen. Anna sprang herbei und drückte mit. Sie schafften nur ein Stück, gerade weit genug, um hineinzuschauen.

Was sie da sahen, ließ ihnen das Blut in den Adern gefrieren: Auf dem Boden, gleich hinter der Tür, lag ein Körper. Wer es war, konnten sie nicht sehen, vermuteten aber sofort, dass es nur Frau Siebel sein konnte.

Alles war voller Blut. Susy fing wieder an zu heulen, sie wollte sich an den Mädchen vorbei ins Zimmer drängen.

Hanna zog sie am Halsband zurück. „So wird das nichts, wir müssen die Polizei rufen und den Hund einsperren. Anna, schau bitte einmal, ob irgendwo ein Telefon steht, ich werde Susy in ein Zimmer sperren."

Hanna brauchte schon viel Kraft, um Susy von der Tür wegzuzerren und sie in ein anderes Zimmer zu bringen. Als sie es endlich geschafft hatte, zitterte sie am ganzen Körper.

Sie musste sich erst einmal irgendwo hinsetzen. An der Garderobe stand ein Hocker und mit wackeligen Knien ließ sich Hanna darauf nieder.

Anna hatte ein Telefon in der Küche entdeckt und mit zitternden Händen wählte sie die Notrufnummer. Obwohl es nur dreimal klingelte, bis jemand abhob, kam es den Mädchen wie eine Ewigkeit vor. Anna versuchte, klar und deutlich zu sprechen, aber es wurde ein einziges Gestammel.

Nur mit Mühe konnte der Polizist am anderen Ende verstehen, was Anna da meldete. Als er begriffen hatte, um was es ging, versuchte er, beruhigend auf Anna einzureden, er versprach, am Telefon zu bleiben, bis seine Kollegen vor Ort waren.

Diese Aussicht und seine dunkle, beruhigende Stimme ließen bei Anna langsam den Sturm der Gefühle und die Angst weniger werden.

Es dauerte auch gar nicht lange, da hörten die Mädchen schon das Tatütata der Polizei. Erleichtert ließen sie die Polizisten herein. Einige Beamte öffneten die Wohnzimmertür ganz.

Ein Notarzt eilte herbei und eine Frau ohne Uniform begrüßte die Mädchen und nahm sie mit aus der Wohnung.

Sie setzten sich zusammen in einen Mannschaftswagen, die Frau lächelte sie freundlich an. „So, ihr beiden, dann sagt mir erst einmal eure Namen und Adressen, damit ich eure Eltern anrufen kann.

Wenn ihr in der Lage seid, mir zu berichten, was ihr wisst, dann könnt ihr das jetzt gerne machen, wenn nicht, warten wir lieber auf eure Eltern."

Die beiden schauten sich an und wie auf Kommando fingen sie an zu erzählen, es war, als müsste alles schnell heraus. „Langsam, langsam, meine Lieben, wenn ihr durcheinander erzählt, verstehe ich doch gar nichts." „Da haben Sie recht", begann Hanna.

„Also, es war so: Wir beide kennen Frau Siebel, sie hat einen Hund, die Susy, die habe ich übrigens vorhin in ein Zimmer gesperrt, weil sie so bellte.

Wir gehen öfter mit Susy in den Park, denn Frau Siebel ist schon etwas älter und nicht mehr so gut zu Fuß. Wir haben unten an der Haustür geschellt und es wurde uns auch geöffnet. Schon im Treppenhaus hörten wir Susy bellen.

Die Etagentür stand ein wenig offen und wir traten ein. Susy begrüßte uns aufgeregt und scharrte an der Wohnzimmertür. Wir riefen nach Frau Siebel, bekamen aber keine Antwort.

Susys Benehmen machte uns stutzig und wir versuchten zusammen, die Tür zu öffnen. Nachdem wir etwas sehen konnten, wurde uns schlecht und wir haben Sie sofort angerufen."

Die Worte waren nur so aus Hanna herausgesprudelt. Anna legte ihren Arm um sie, um sie zu trösten. Die Dame nickte beiden zu und verließ das Auto.

„Was für ein Tag, hoffentlich lebt Frau Siebel noch. Was soll denn jetzt aus Susy werden?" „Ich weiß es nicht, vielleicht kann sie ja erst einmal zu uns, Mama wird bald da sein, die können wir ja dann mal fragen."

Die nette Polizistin kam Minuten später mit Annas Mutter zu den beiden. „Hanna, deine Mutter wird jeden Moment hier sein, vor lauter Aufregung hat sie einen kleinen Blechunfall verursacht. Es ist ihr aber nichts passiert, auch kamen keine anderen Beteiligten zu Schaden, wie gesagt, nur ein Blechunfall."

Arme Mama, dachte Hanna, in den letzten Wochen hatte sie gerade die Sache mit der Bäckerei und Herrn Kranz verarbeitet, jetzt kam schon wieder Aufregung auf sie zu.

Hanna vermutete auch diesmal Herrn Kranz hinter dieser Sache. Das konnte sie aber nicht laut aussprechen, hier wusste ja noch niemand von Herrn Kranz; dass er ausgebrochen war, hatte sich bestimmt noch nicht herumgesprochen. Sie hätten unmöglich erklären können, woher sie dieses Wissen hatten.

Mama kam völlig aufgeregt an. Der Wagen hatte vorne eine kleine Delle und Mama hielt ihre Hand an die Stirn.

„Ich glaube, ich bekomme eine Beule, es war wahrscheinlich ein Fehler, nach Ihrer Nachricht direkt zum Wagen zu laufen und loszurasen."

Mama schaute die Polizistin vorwurfsvoll an, gleichzeitig zog sie Hanna ganz fest an sich.

„Ich glaube, der Fehler lag wahrscheinlich bei uns, wir hätten Sie abholen sollen. Wir sollten wissen, dass Mütter immer in heller Aufregung sind, wenn es um ihre Kinder geht."

„Nun ja, in den letzten Monaten war es ja auch ein bisschen viel, wir hatten uns gerade erst beruhigt."

Verständnislos schaute die Polizistin Mutter an. „Ach ja, Sie können es doch gar nicht wissen, Sie sind wohl nicht von hier?" Mutter hielt Hanna immer noch fest im Arm, Hanna versuchte, sich langsam aus ihrer Umklammerung zu lösen.

„Mama, mir ist gar nichts passiert, wir wollten nur mit Susy in den Park, da haben wir Frau Siebel gefunden, mit uns hat das gar nichts zu tun."

JAGD AUF HERRN KRANZ

Die Mutter ließ Hanna los und schaute sie prüfend an. „Geht es dir auch wirklich gut? Ich dachte schon, dieser Herr Kranz hätte dich überfallen, eben kam im Radio die Nachricht, dass er ausgebrochen ist."

„Moment mal, Augenblick, was haben Sie mit Herrn Kranz zu tun? Und was hat Herr Kranz mit Frau Siebel zu tun?" Sie schaute Hanna an: „Bist du das Mädchen, das in der Bäckerei war, als Herr Kranz diese zerstörte, und seid ihr es auch, die ihn der Polizei übergeben habt?"

Die Polizistin fasste sich an die Stirn, dann ging sie einige Schritte auf und ab.

„Also, ich bin bei einem Sondereinsatzkommando, ich bin eine Psychologin, wir untersuchen einige Verbrechen, die bisher ungeklärt sind und die die Handschrift des Herrn Kranz tragen. Es ist schon recht ungewöhnlich, dass ihr so oft im Zusammenhang mit ihm in Erscheinung tretet.

Sehr wahrscheinlich hat er nichts mit dieser Sache hier zu tun, ich wurde auch nur hinzugezogen, weil ich extra für die Arbeit mit Kindern ausgebildet bin. Oder ist euch ein Zusammenhang zwischen Frau Siebel und Herrn Kranz bekannt?" Sie schaute sich in der Runde um. Alle schüttelten mit den Köpfen.

„Da ihr ja jetzt sicher bei euren Müttern seid und alle Fragen beantwortet sind, werde ich mich nun von euch verabschieden. Ich muss mich um den Ausbruch kümmern, ich hoffe, wir fangen ihn bald wieder ein. Nehmt euch in Acht, es könnte sein, dass er sich an euch rächen will."

Die Frau stieg in einen Wagen, winkte noch einmal kurz und fuhr davon. Hanna fragte einen vorbeigehenden Polizisten nach Frau Siebel. „Sie wird es überleben, eine Kopfwunde, so etwas blutet immer sehr stark, sie kommt erst einmal in ein Krankenhaus und ihr Hund kommt ins Tierheim."

Hanna schaute Mama bittend an, sie flehte: „Bitte, bitte, Mama, erlaube mir, Susy mit nach Hause zu nehmen, sie ist völlig aufgeregt, im Tierheim wäre sie bestimmt unglücklich."

Spontan sagte Mama Ja. Normalerweise würde sie so etwas zuerst mit Papa besprechen, aber dieser Fall war ja nicht normal.

Sie war sicher, ihr Mann würde nichts dagegen haben. Nach kurzer Rücksprache mit seinem Chef war der Polizist einverstanden.

Er brachte Susy angeleint zu Hanna, der Hund freute sich wahnsinnig, er fegte wie aufgedreht hin und her, sprang mal an Hanna, dann an Anna und schließlich auch an beiden Müttern hoch.

„Der muss jetzt erst einmal runterkommen, am besten wir fahren nach Hause und ihr tobt ein bisschen im Garten herum." Hannas Mutter nahm die Leine und zog Susy zum Auto.

„Tut mir leid, aber wir können nicht mitkommen. Ich erwarte Besuch und möchte Anna gerne mit nach Hause nehmen, ich hätte keine Ruhe, wenn sie den Weg heute Abend alleine gehen müsste."

Mutter nickte verständnisvoll. „Kann ich gut verstehen, dann sagen wir einmal bis morgen. Komm, Hanna." Hanna nahm Anna noch einmal in den Arm. „Wahrscheinlich erfahren wir morgen auch mehr über Frau Siebels Zustand, macht es gut."

Hanna wollte zu ihrer Mutter ins Auto steigen, da war ihr auf einmal, als würde sie ein eiskalter Wind streifen. Sofort griff sie zu ihrem Teddy.

Normalerweise genügte es, wenn sie ihn am Körper trug, um Menschen aus der Vergangenheit zu sehen, doch sie konnte nichts entdecken.

Mit Teddy in der Hand sah sie sich um. Auf einmal erblickte sie in einiger Entfernung tatsächlich Herrn Kranz und schrie laut auf. Herr Kranz hörte den Schrei und sah sich um, er bemerkte, dass Hanna ihn entdeckt hatte. Mit bitterbösem Blick hob er die Faust und drohte ihr.

„Was hast du, was ist los?", fragte die Mutter besorgt. „Da läuft Herr Kranz, seht ihr ihn denn nicht?" Suchend schauten sich alle um. Ein Polizist, der alles angehört hatte, schwang sich auf sein Motorrad und rief Hanna zu: „In welche Richtung läuft er?" Hanna zeigte stumm die Straße hinunter.

Sofort setzte er die Maschine in Bewegung. Hanna war wie betäubt. Was, wenn Herr Kranz sich jetzt unsichtbar machen konnte, er würde nie wieder gefasst werden. Mit zitternden Knien setzte sie sich ins Auto, erschöpft schloss sie die Augen.

Ganz klar hörte sie die Stimme von Frau Müller: „Keine Angst, ihr beide ward früh genug da, ihr habt verhindert, dass Herr Kranz sich unsichtbar machen kann, wann immer er will, er hat viel zu wenig von dem Sud gefunden. In einigen Minuten ist die Wirkung verflogen und er ist wieder für alle sichtbar."

Hanna machte ihre Augen wieder auf, sie wirkte erleichtert. Im Stillen dankte sie Frau Müller.

Wenn Herr Kranz Pech hatte, würde er wieder sichtbar werden, wenn der Polizist in seiner Nähe war.

Sie winkte noch einmal und fuhr mit Mutter und Susy davon. Auch Anna fuhr mit ihrer Mutter direkt nach Hause.

SUSYS EINZUG

Nur langsam konnte sich Susy beruhigen, sie stieß immer wieder kurze Laute aus, so, als wollte sie etwas erzählen. Zu Hause angekommen, ließ Hanna Susy erst einmal in den Garten.

Fast jeder Baum wurde beschnüffelt, besonders bei der alten Eiche blieb sie lange stehen.

Aufgeregt schnupperte sie, es war fast, als könne sie die Menschen riechen, die sich immer noch auf eine Fahrt in ihre Zeit freuten und dafür anstanden.

Hanna ließ sie noch einige Minuten gewähren, dann rief sie Susy zu sich und ging mit ihr ins Haus. Vor der Wohnungstür hörte sie, wie sich ihre Eltern unterhielten, Mutter sagte gerade:

„Es war das Beste, den Hund mit zu uns zu nehmen, wenn ich überlege, was die beiden Mädchen für eine grausige Entdeckung gemacht haben; damit müssen sie erst einmal fertig werden.

Der Hund wird unserer Kleinen bestimmt helfen, nicht auf trübe Gedanken zu kommen."

Mama hat recht, dachte Hanna, nur konnte Mama ja nicht wissen, dass sie, wenn sie an Herrn Kranz dachte, viel mehr ins Grübeln kam als über Frau Siebel.

Sie musste unbedingt mehr über Frau Siebel erfahren, vielleicht redete sie jetzt über Herrn Kranz, es war ja augenscheinlich, dass er der Übeltäter war.

Hanna versuchte, möglichst unbefangen in die Küche zu gehen. Mutter schaute sie fragend an, doch Hanna sagte nur: „Wenn es nicht zu spät ist, müssten wir noch einmal in den Supermarkt, wir haben ja gar kein Hundefutter."

„Stimmt", sagte Papa, „ich beeile mich." Er zog seine Jacke über.

„Du, Papa", begann Hanna leise, „würde es dir etwas ausmachen, auf dem Rückweg bei der Polizei nachzufragen, ob sie Herrn Kranz geschnappt haben?"

„Du würdest dich dann besser fühlen, ich weiß, natürlich frage ich nach, jetzt muss ich mich aber beeilen, bis gleich." Bedeutungsvoll sah Papa Mama an.

„Ist es okay, wenn Susy bei mir im Zimmer schläft? Sie weiß ja gar nicht, was los ist, und bei mir fühlt sie sich sicher wohl."

„Natürlich, mein Liebes, wir müssen nur überlegen, welche Decke wir nicht mehr gebrauchen, damit sie ein schönes Bett bekommt." Schnell war eine passende Decke gefunden.

Hanna räumte ihr Zimmer ein bisschen um und schon hatte Susy eine gemütliche Hundeecke. Mutter bewunderte ihr Werk und fragte dann: „Hanna, du hast heute so viel mitgemacht, möchtest du morgen lieber hierbleiben und nicht zur Schule gehen?"

„Nein, natürlich gehe ich zur Schule." „Gut, dann erlaube mir, dich zu begleiten, schließlich muss Susy morgens hinaus und da könnte ich doch mit dem Hund …"

„Schon gut, Mama, ich bin ja ganz froh, wenn du mit mir gehst. Solange ich nicht weiß, ob sie Herrn Kranz gefunden haben, fühle ich mich nicht wohl."

„Ich denke, Herr Kranz hat andere Sorgen, als sich um uns zu kümmern." Natürlich musste

Mama so denken, sie hatte ja keine Ahnung, um was es ging.

„Wahrscheinlich hast du recht, ich bin nur ein bisschen genervt." „Ist schon in Ordnung, warten wir erst einmal ab, was Papa für Neuigkeiten mitbringt, kann ja nicht mehr lange dauern, bis er kommt. Ich bereite schon einmal das Abendessen vor."

In Hannas Kopf herrschte ein fürchterliches Durcheinander, hoffentlich gelang es der Polizei, Herrn Kranz wieder einzufangen. Es war gar nicht auszudenken, was dieser noch alles anstellen konnte.

Nach einer ihr endlos erscheinenden Zeit kam Papa zur Tür herein. Man sah ihm an, dass auch ihn diese Sache nicht unberührt ließ. Er setzte sich an den Tisch und begann zu erzählen, was er erfahren hatte.

„Also, ich will euch nicht auf die Folter spannen, zuerst einmal:

Herr Kranz sitzt wieder hinter Schloss und Riegel!" Hanna atmete auf, ihr fiel ein großer Ziegelstein vom Herzen.

DIE ERSTE NACHT MIT SUSY

„Es war recht spannend, auf der Wache wurde ich begrüßt wie ein alter Bekannter, die Polizisten kannten mich noch vom letzten Mal. Gerade als ich mich nach dem Erfolg der Fahndung erkundigen wollte, wurde Herr Kranz in Handschellen hereingeführt.

Er wehrte sich heftig und wurde dementsprechend unsanft behandelt. Als er mich sah, fing er an, herumzuschreien, wir wären an seinem Elend schuld und noch nie sei einer ungestraft davongekommen, der ihm in die Quere kam.

Die Polizisten schoben ihn ungerührt in einen der hinteren Räume. Man hörte ihn noch durch die geschlossene Tür alle Menschen verfluchen.

Einer der Polizisten hob wie entschuldigend die Schultern und meinte: Nicht jeder Verbrecher benimmt sich so schlimm, der hat noch nicht kapiert, dass er verloren hat. Ich verspreche Ihnen, auf den passen wir ganz besonders auf.“

Papa griff nach einem Butterbrot „So, und nun habe ich Hunger, Aufregung schlägt mir immer auf den Magen.“ Mama und Hanna sahen sich an. „Dann pass auf, dass du nicht zu viel Aufregung bekommst, du wirst sonst noch dick." Mutter versuchte, mit einem Scherz die Stimmung aufzulockern.

Hanna aß nur ein Brot, sie bekam einfach nichts hinunter. „Wenn ihr nichts dagegen habt, füttere ich jetzt Susy, sie muss bestimmt später auch noch hinaus. Ich gehe gleich noch einmal mit ihr in den Garten, dann reicht es aber für heute."

„Ja, gut, mach das, ich rufe noch bei Annas Eltern an, sie werden sich bestimmt freuen, dass Herr Kranz wieder hinter Gittern sitzt." Mit diesen Worten griff Mutter zum Telefon. Hanna schloss die Tür hinter sich, sie wusste, es würde ein langes Gespräch werden.

Als sie am nächsten Morgen erwachte, fühlte Hanna sich frisch und ausgeruht. So gut hatte sie lange nicht mehr geschlafen. Susy bemerkte, dass sie sich bewegte, und kam freudig an ihr Bett. Sie hatte die ganze Nacht keinen Laut von sich gegeben und freute sich über Hannas Streicheleinheiten.

Mutter kam ins Zimmer und wurde von Susy freudig begrüßt. „Man merkt ihr an, dass sie sich bei dir wohlfühlt, ich hoffe, du beeilst dich, denn du musst ja noch mit Susy raus, bevor du in die Schule gehst." „Verlass dich auf mich, so gut wie heute habe ich selten geschlafen, ich bin putzmunter und schaffe das Gassigehen locker."

Mutter lächelte nur und verließ das Zimmer. Hanna schaffte alles und kam pünktlich zur Schule. Anna wartete schon auf sie.

„Erzähle, wie war eure erste Nacht?" „Oh, da gibt es nicht viel zu berichten, wir beide haben um die Wette geschnarcht."

„Super, wenn ich an unsere ersten Nächte mit Rambo denke, der hat uns ganz schön oft geweckt." Die Schulglocke läutete und die Mädchen setzten sich auf ihre Plätze. In der großen Pause sprachen sie noch einmal über den gestrigen Tag.

„Ich konnte es dir ja gestern nicht mehr erzählen, Frau Müller hat zu mir gesprochen, sie hat uns gratuliert.

Wenn ich sie richtig verstanden habe, hat Herr Kranz bei Frau Siebel ein Rezept oder einen Trank gesucht, der ihn unsichtbar machen kann. Durch unser Erscheinen wurde er gestört und musste sein Vorhaben aufgeben.

Er hat wohl etwas von so einer Tinktur getrunken, das hat ihn für einige Zeit unsichtbar gemacht. Gott sei Dank konnte er Teddy damit nicht täuschen. Als die Wirkung nachließ, wurde er von der Polizei wieder geschnappt.

Vielleicht haben wir Glück und Frau Siebel hört auf, ihn zu beschützen. Ich hoffe, sie gibt etwas von dem Geheimnis preis und erzählt uns einiges über Herrn Kranz."

Anna bekam kein Wort heraus. Jetzt war sie schon hautnah dabei und bekam trotzdem nicht alles mit. Heimlich beneidete sie Hanna.

HINWEISE AUF DAS STERNENKIND

Nach Schulschluss wollten die beiden sich unbedingt nach dem Befinden von Frau Siebel erkundigen. Am Krankenhaus angekommen, begegneten ihnen dieselben Sanitäter, die gestern Frau Siebel aus ihrer Wohnung geholt hatten.

Sie erkannten die Mädchen sofort, grüßten und erkundigten sich nach ihrem Befinden, nachdem sie so etwas Aufregendes erlebt hatten.

Die Mädchen bedankten sich für das Interesse und fanden, dass sie alles ganz gut weggesteckt hatten. Die Sanitäter wollten weitergehen, aber Hanna hielt sie auf und erkundigte sich nun ihrerseits nach Frau Siebel.

„Wie es ihr heute geht, kann ich euch nicht sagen, unsere Arbeit ist beendet, wenn wir die Patienten den Ärzten übergeben.

Die Fahrt gestern verlief eigentlich problemlos, einmal erlangte sie kurz das Bewusstsein, sie sah uns verständnislos an, dann kam etwas wie Panik in ihr auf, sie versuchte, sich aufzurichten, ich zog eine Beruhigungsspritze auf."

„Ja, und bevor die wirkte, redete sie noch wirres Zeug", fiel der Kollege ihm ins Wort. „Wer weiß, was sie im Sinn hatte." „Was hat sie denn gesagt?" Hanna war gespannt.

„Also, darüber haben wir uns hinterher noch fast in die Haare bekommen, ich habe verstanden: Ihr müsst das Sternenkind finden, es ist das einzige Wesen, das weiß, wo der dritte Bär zu finden ist." Hanna und Anna starrten den Mann ungläubig an.

„Ja, und ich weiß ganz genau, dass sie vom Großen Bären gesprochen hat. Das passt doch auch viel besser zusammen, Sternenkind und Großer Bär. Hat doch wohl beides etwas mit dem Himmel zu tun."

„Vielleicht besucht ihr sie einmal und fragt nach." Anna konnte sich nicht verkneifen, diese Bemerkung zu machen.

„Nein, ich glaube, so wichtig ist uns das doch nicht, ergibt doch irgendwie beides keinen Sinn. Wir müssen dann mal wieder, unser Dienst fängt gleich an. Tschüss, ihr beiden." Die Männer gingen weiter und Hanna winkte ihnen noch nach.

Was war denn das?

Hatte Frau Siebel wirklich fantasiert? Wollte sie noch etwas sagen, konnte es aber nicht durch die Beruhigungsspritze? Hoffentlich sprach sie mit den beiden darüber, wenn nicht sofort, dann vielleicht später.

Hanna kannte sich im Krankenhaus noch gut aus. Es schien ihr, als wäre sie gestern zum letzten Mal hier gewesen. Wie schnell die Zeit doch verging.

Sie durften tatsächlich zu Frau Siebel, diese lag im Bett und sah aus wie ein Pascha, dem der Turban verrutscht war. Irgendwie saß der Verband sehr schief. Frau Siebel versuchte ein Lächeln, sie machte eine schlappe Handbewegung und die Mädchen begrüßten sie freundlich.

„Ich habe gehört, dass ihr mich gefunden habt. Ich möchte mich bei euch für eure direkte Hilfe bedanken. Wie geht es Susy, hat sie den Schrecken gut überstanden?" „Ich glaube ja, sie hat in meinem Zimmer geschlafen und sich nicht gerührt."

„Vielen Dank, dass ihr euch so lieb um sie kümmert, dadurch bin ich viel ruhiger. Leider weiß ich nicht, wer mich überfallen hat. Die Ärzte sagen, es passiert öfter, dass sich Überfallene erst nach und nach an das Geschehene erinnern. Bei einigen kommt die Erinnerung nie wieder. Ich hoffe, dass sie bei mir wiederkommt, zu gerne möchte ich den Übeltäter überführen können."

Die Mädchen nickten nur. Als wenn sie sich abgesprochen hätten, erwähnten sie Herrn Kranz nicht. Frau Siebel musste sich zuerst erholen. Vielleicht kehrte ihre Erinnerung ja wirklich wieder zurück und sie kam von selber darauf, wer für ihr Leid verantwortlich war.

Die zwei verabschiedeten sich und versprachen, noch einmal vorbeizuschauen. Schließlich mussten sie ja immer über Susy Bericht erstatten. Eilig verließen sie das Krankenhaus.

„Was machen wir jetzt? Frau Siebel können wir nicht nach einem Sternenkind fragen. Bestimmt weiß sie gar nicht, dass sie davon gesprochen hat." Anna nickte nur. „Vielleicht können wir ja bei Frau Fichte um Rat fragen, sie schien mir auch sehr wissend."

„Gute Idee, schauen wir doch direkt einmal bei ihr vorbei." Sie fuhren mit dem Bus zurück. Das Haus fanden sie auf Anhieb, nur nach einer Klingel suchten sie vergebens. Komisch, Papa hatte doch geklingelt.

Sie gingen ein paar Schritte auf und ab, es gab keine andere Tür. Sie versuchten es mit Klopfen, doch so fest sie auch an die Tür schlugen, nichts tat sich.

Enttäuscht ließen sie ab und machten sich auf den Heimweg. „Ist vielleicht auch besser so", sagte Hanna, „wir hätten bestimmt viel Zeit gebraucht und unsere Mütter warten schon auf uns. Ich frage Papa, er wird für uns bestimmt noch einmal einen Termin ausmachen können."

Sie verabschiedeten sich voneinander und machten sich nachdenklich auf den Heimweg.

DIE STERNENKETTE

Hanna ging der Hinweis auf ein Sternenkind nicht aus dem Sinn, wer oder was konnte damit gemeint sein? Was wusste Frau Siebel noch?

Wenn sie doch nur mit Frau Müller in Verbindung treten könnte. Sie dachte ganz fest an diese, vielleicht klappte es ja und Frau Müller würde sich bei ihr melden.

Sie versuchte es bis an ihre Haustür, doch niemand meldete sich. Enttäuscht ging Hanna nach oben. Mutter schaute sie fragend an, Hanna entschuldigte sich für ihr Zuspätkommen und erzählte kurz von Frau Siebel. Dann ging sie in ihr Zimmer, um sich umzuziehen.

Mutter hatte ihr vor einigen Tagen ein paar neue Pullis gekauft. Eigentlich suchte sich Hanna ihre Sachen selbst aus, ab und zu aber brachte Mama ihr spontan etwas mit. Sie kannte Hannas Geschmack und lag selten daneben.

Hanna nahm den zuoberst liegenden Pulli und zog ihn an. Er hatte kleine glitzernde Sterne unterhalb des Kragens. Vor dem Spiegel funkelten sie im Licht.

Ich könnte die Kette, die Papa mir einmal mitgebracht hat, dazu tragen, er nannte sie Sternenkette.

„Für meinen großen Stern viele kleine Sterne", hatte er gesagt. Hanna verwahrte ihren Schmuck in einer kleinen Kiste, auch diese hatte Papa mitgebracht, in ihr lag der Schlüssel zum Baumbahnhof.

Nachdenklich strich sie über die kleinen Täfelchen, damals hatten sie sich gedreht und den Schlüssel freigegeben. Nun lagen sie alle wie festgeklebt aneinander und ließen sich nicht bewegen.

Hanna öffnete die Kiste und nahm die Kette heraus. Sie betrachtete sie und dachte an das Sternenkind.

Wenn die Kiste der Schlüssel zum Bahnhof war, warum war dann nicht die Kette der Schlüssel zum Sternenkind?

Plötzlich wurde ihr ganz heiß, sie erinnerte sich, dass ihr diese Kette schon einmal einen Hinweis geben wollte. Sie hatte die Kette an, stand vor dem Spiegel und bemerkte tanzende Buchstaben, die die Kette auf den Spiegel warf.

Hanna konnte damals nichts damit anfangen, sie hatte an eine Sinnestäuschung geglaubt.

Neugierig stellte sie sich vor den Spiegel und legte sich die Kette um den Hals, sie bewegte sich hin und her, aber nichts geschah. Sie wartete noch einen Augenblick und wandte sich dann enttäuscht ab.

Trotzdem ließ sie die Kette um und ging hinunter zu ihren Eltern, um ihnen zu zeigen, wie gut ihre Sachen zusammenpassten.

„Ich wusste, dass du genau die Richtige für diese Kette bist. Eigentlich wollte ich dir eine ganz andere Kette kaufen. Ich hatte sie schon ausgesucht und wollte zur Kasse gehen, da fiel die Sternenkette genau vor meine Füße.

Ich hob sie auf und wollte sie wieder aufhängen, es war aber kein Preisschild daran. Unschlüssig stand ich da, eine Verkäuferin trat zu mir, nahm mir die Sternenkette ab und meinte: ‚Sie haben eine gute Wahl getroffen, soll ich sie Ihnen für Ihre Tochter einpacken?'

Ich war sprachlos, ich hatte bis dahin kein Wort mit ihr gewechselt, woher wusste sie von meiner Tochter und dass die Kette für sie war?

Bevor ich etwas erwidern konnte, hatte sie die Kette auch schon in ein kleines Päckchen gepackt und den Preis in die Kasse eingegeben.

Wortlos bezahlte ich und ging. Hinterher dachte ich noch: Die hat dich nun eigentlich überrumpelt. Wenn ich aber jetzt sehe, wie gut dir die Kette steht und wie du dich gefreut hast, als du sie bekamst, denke ich: Diese Frau hat mir einen Gefallen getan."

Oh Papa, mir auch, dachte Hanna, denn jetzt wusste sie, diese Kette kam nicht zufällig in ihren Besitz, sondern irgendwer hatte auch hier im Hintergrund die Fäden gezogen.

„Das ist aber eine hübsche Geschichte, die hast du uns noch gar nicht erzählt." Mutter strich ihm lächelnd übers Haar. „Ja, irgendwie war es mir peinlich, nicht selbst diese Kette ausgesucht zu haben."

„Darf ich bitte Anna anrufen? Ich muss noch etwas klären." Mit einem Blick auf die Uhr sagte Mutter mahnend: „Halte dich aber bitte kurz, es ist schon spät und ich mag es auch nicht, wenn hier so spät noch das Telefon schellt."

Hanna nickte und ging in den Flur, wo das Telefon stand.

Obwohl Hanna es sehr lange anklingeln ließ, hob am anderen Ende niemand ab. Enttäuscht legte Hanna den Hörer wieder auf, zu gerne hätte sie Anna von der Kette erzählt.

ANNAS NEUIGKEIT

Als sie sich am anderen Morgen trafen, waren beide aufgeregt, sie wollten ihre Neuigkeiten loswerden und redeten zugleich. Dann schauten sie sich an und lachten los. „Wir können zusammen singen, aber nicht zur gleichen Zeit sprechen."

„Da ist was dran, fang du an." Anna schaute Hanna erwartungsvoll an. „Aber diesmal habe auch ich eine Neuigkeit, die dich umwerfen wird." „Na ja, so spannend ist meine Geschichte heute nicht, es kann allerdings noch etwas daraus werden."

Hanna begann ein wenig umständlich, die Ankündigung einer Neuigkeit von Anna machte sie neugierig. Als Hanna die Kettengeschichte erzählt hatte, sagte Anna nur: „Das war schon alles? Dann hör dir erst einmal meine Geschichte an.

Also, als wir gestern Nachmittag nach Hause kamen, hatte mein Papa eine Nachricht auf unseren Anrufbeantworter gesprochen.

Sie klang sehr geheimnisvoll. Wir sollten uns schick machen und zum Italiener kommen, er würde uns da mit einem seltenen Gast erwarten. Mama hatte so eine Ahnung, wollte mir aber nichts verraten. Also zogen wir uns, so schnell wir konnten, um und waren schon bald darauf am verabredeten Ort.

Als Papa uns hereinkommen sah, kam er uns strahlend entgegen, nahm Mama in den Arm und sagte: ‚Es hat geklappt, sie sind wirklich gekommen.‘ Ratlos sah ich die beiden an.

‚Mein Schatz‘, sagte Mama zu mir, ‚ich weiß nicht, ob du dich noch erinnern kannst, du warst ja noch ziemlich klein, als meine Schwester sich mit ihrem Mann und ihrem Sohn Julian nach Amerika aufmachte. Joachim, dein Onkel, hatte ein sehr gutes Arbeitsangebot bei einer Filmfirma bekommen.

Sie wollten eigentlich nur ein Jahr bleiben, leider sind inzwischen zehn Jahre daraus geworden. Nun sind sie zu Besuch nach Deutschland gekommen und ich hoffe, sie bleiben einige Zeit.‘

Du kannst dir vorstellen, ich war von dieser Neuigkeit erschlagen. Als Papa uns zum Tisch geführt und wir uns begrüßt hatten, musste ich zugeben,

dass ich mich nicht mehr an die Gesichter erinnern konnte.

Julian ist ein total Netter, er spricht ein wenig
Deutsch, ich nur ein bisschen Englisch, so haben
wir uns mit Händen und Füßen unterhalten. Es
war total toll."

Hanna war überrascht, Anna hatte noch nie von
Verwandtschaft in Amerika gesprochen und
dann auch noch beim Film!

„Ja, es muss total toll gewesen sein, so oft du
jetzt total gesagt hast", neckte Hanna ihre
Freundin. „Warst du es nicht, die mir vor Kurzem
gesagt hat, in unserem Alter sollte man noch
nicht auf Jungs abfahren?"

„Ach du!" Anna stieß Hanna in die Seite. Sie
standen vor dem Schulgebäude und ließen sich
von den anderen in ihre Klasse mitziehen.

Nach Schulschluss sagte Anna: „Es tut mir leid,
wenn ich in den nächsten Tagen keine Zeit für
dich habe, wir sehen uns ja täglich und wenn es
etwas Wichtiges gibt, bin ich selbstverständlich
immer für dich da."

„Schon gut", unterbrach sie Hanna „Kann ich voll verstehen, mir würde es auch nicht anders gehen. Mach dir um mich keine Sorgen, kümmere dich um deine Verwandten und grüß sie schön von mir. Bis morgen." Die beiden waren an der Kreuzung angekommen, an der sie sich trennen mussten.

Nachdenklich ging Hanna nach Hause. Ihre Eltern hatten beide keine Geschwister, bei ihr konnte also kein Onkel aus Amerika auftauchen.

Sie beneidete Anna. Wenn sie überlegte, dass auch ihre Kinder später keine Tanten oder Onkel hatten, machte sie das traurig.

Vielleicht sollte sie einmal mit ihren Eltern sprechen, für ein Geschwisterchen ist es doch nie zu spät.

Nach dem Mittagessen bat Hanna ihren Vater, ihr doch noch einmal einen Termin bei Frau Fichte zu beschaffen. Vater las in der Zeitung und nickte nur. Hanna hoffte, dass Papa sie verstanden hatte.

„Hast du heute schon die Zeitung gelesen?" Papa schaute Mama fragend an. „Nein, ich hatte noch keine Zeit, warum?"

„Hier wird auf die neue Kampagne aufmerksam gemacht, der Reporter bittet allen Ernstes die Leser, außergewöhnliche Vorkommnisse hier in unserer Umgebung der Zeitung zu melden.

Allerdings mit leichtem Unterton, die machen sich auch über diese Kampagne lustig.

FRAU FICHTES EINLADUNG

„Ich habe nichts anderes erwartet, das kann man doch in der heutigen Zeit nicht mehr ernst nehmen." „Ich fürchte nur um den Ruf unserer Stadt, ich sehe schon die neuen Überschriften

-- Alsstadt, die Geisterstadt --

nur davor kann ich mich gruseln."

Der Rest des Tages verlief ereignislos, Anna kümmerte sich um ihre Verwandten und Hanna räumte ihr Zimmer auf.

Am späten Abend klingelte noch das Telefon, Papa hob den Hörer ab, lauschte und sagte dann: „Es war nett, Ihnen zuzuhören, ich werde mich um diese Angelegenheit kümmern.

Ich werde auch Hanna Ihre Einladung ausrichten, sie bat mich heute, mich mit Ihnen in Verbindung zu setzen, dann passt das ja. Wiederhören, Frau Fichte."

Hanna war direkt aufgesprungen und schaute Papa fragend an. „Es ist, als hätte sie geahnt, dass du noch einmal in das Archiv wolltest. Eigentlich wollte sie mir mitteilen, dass einige Reporter versucht haben, sich bei ihr einzuschleichen, um alte Akten aufzuspüren. Sie besaßen falsche Ausweise und wurden abgewiesen.

Es ist nett von ihr, dass sie sich trotz all dieses Ärgers an dich erinnert und Zeit für dich hat. Du musst einen guten Eindruck hinterlassen haben."

„Wann hat sie denn Zeit für mich?" Hanna versuchte, sich ihre Aufregung nicht anmerken zu lassen.

„Wenn du möchtest, schon morgen nach der Schule, ansonsten soll ich sie noch einmal anrufen und einen neuen Termin ausmachen." „Nein, nein, lass mal, morgen Nachmittag passt schon. Darf ich Anna noch anrufen? Ich möchte sie gerne mitnehmen."

Mutter schaute auf die Uhr und schüttelte mit dem Kopf. „Jetzt ist wirklich nicht die Zeit, bei anderen zu stören. Du weißt, dass sie Besuch haben, da musst du jetzt nicht mehr telefonieren."

Hanna wusste, dass Mutter recht hatte, trotzdem hätte sie zu gerne mit Anna gesprochen.

Wenn Frau Fichte sie einlud, dann bestimmt nicht, um ihr nur alte Bücher zu zeigen.

Trotz ihrer Anspannung schlief sie recht gut. Sie konnte es kaum erwarten, mit Anna zu sprechen.

Hanna holte Anna vor ihrer Haustür ab. Diese war erstaunt, es musste schon wichtig sein, wenn Hanna diesen Umweg machte. Sie staunte auch über Frau Fichtes Einladung und versprach, mitzukommen, falls es ihr möglich wäre. Ihre Mutter hatte für heute einen Ausflug in den Zoo geplant.

Beide konnten das Ende der letzten Stunde kaum erwarten. Anna versprach, Hanna anzurufen, sobald sie mit ihrer Mutter gesprochen hätte.

Annas Anruf kam spät, fand Hanna. Anna erzählte, dass sie lange mit ihrer Mutter diskutieren musste, schließlich hätte diese nachgegeben und eingesehen, dass Anna sich auch um ihre Freundin kümmern wolle.

Bevor sie gehen dürfe, müsse sie allerdings noch Rambo ausführen.

Hanna hatte das starke Bedürfnis, sofort zu gehen, sie sah aber ein, dass die Hunde raus mussten. Sie nahm die Leine, rief nach Susy und drehte mit ihr eine Runde.

Endlich war es so weit, die Mädchen trafen sich auf dem Marktplatz. Am Haus angekommen, fanden sie die Klingel auf Anhieb. Sie schauten sich an und Hanna klingelte.

Es war, als ob Frau Fichte hinter der Tür auf sie gewartet hätte, denn kaum hatte Hanna den Klingelknopf losgelassen, öffnete sie die Tür.

Die Mädchen erschraken, damit hatten sie nicht gerechnet. Frau Fichte bemerkte ihr Zusammenzucken, lächelte jedoch nur höflich und trat drei Schritte zurück, um die beiden einzulassen.

Artig begrüßten die Mädchen sie und Hanna hatte das Gefühl, Anna würde einen Knicks machen. Irgendwie hatte diese Frau etwas Magisches an sich.

Höflich erwiderte Frau Fichte ihre Begrüßung und lud sie mit einer Handbewegung ein, ihr zu folgen.

Wieder erschien den Mädchen der Gang unendlich. Schließlich öffnete Frau Fichte eine Tür und ließ die beiden eintreten.

Sie waren nicht im gleichen Raum wie beim ersten Mal. Zwar war dieser Raum auch rund, aber der Kamin fehlte, außerdem war die Decke gewölbt.

Es schien, als wären sie in eine Kugel getreten.

DER GEHEIMNISVOLLE AUSERWÄHLTE

In der Mitte des Raumes stand ein langer Tisch und um diesen viele Stühle; alles sah sehr alt aus. Beleuchtet wurde das Zimmer durch Fackeln, die an den Wänden befestigt waren.

Durch das flackernde Licht sah alles gespenstisch aus. „Schon für den Anblick hat es sich gelohnt, dich zu begleiten." Anna war überwältigt,

Hanna aber hatte ein komisches Gefühl im Bauch und sah Frau Fichte fragend an. „Du hast recht, heute werdet ihr einen der Auserwählten kennenlernen.

Er freut sich schon sehr auf euch. Es tut mir leid, dass ich mich einige Zeit nicht gemeldet habe, aber durch die Flucht von Herrn Kranz und den Angriff auf Frau Siebel ist uns erst klar geworden, dass die beiden uns bestohlen haben.

Dieses muss schon vor langer Zeit geschehen sein. Es ist uns ein Rätsel, wie sie es gemacht haben und dass wir den Verlust erst jetzt, eigentlich mit eurer Hilfe, bemerkt haben.

Ich musste viel nachprüfen und habe dazu einige Zeit gebraucht. Aber lasst euch das von unserem anderen Gast erklären, es wird Zeit, dass ich ihn herhole."

Sie verließ den Raum für einen Moment. Der Mann, den sie mitbrachte, sah aus, als käme er gerade hinter einem Bankschalter hervor. Er war sehr elegant gekleidet und machte einen sympathischen Eindruck.

Sein Händedruck war fest und mit bestimmten Schritten ging er zum Tisch. Alle setzten sich und die Mädchen sahen ihn erwartungsvoll an. Beim flackernden Schein der Fackeln bemerkte Hanna einen Ring aus bläulichem Licht um den Mann herum.

Diesem fiel Hannas forschender Blick auf und er machte eine Handbewegung, als würde er eine Fliege wegscheuchen. Danach war das Licht verschwunden.

Hanna versuchte, sich ihre Überraschung nicht anmerken zu lassen, sie bekam abermals ein flaues Gefühl in der Magengegend.

Der Mann schien zu der Überzeugung gekommen zu sein, dass Hanna diesen Schein nicht bemerkt hatte. Sein Lächeln wurde freundlich und er begann zu reden.

„Wie euch Frau Fichte ja schon erzählt hat, fehlt in unserer umfangreichen Sammlung ein wichtiges Buch. Wir sind trotz intensiver Überprüfung noch nicht dahintergekommen, wer es wann entwendet hat.

Durch die Vorfälle bei dem Überfall auf Frau Siebel sind wir erst auf das Fehlen des Buches aufmerksam geworden.

Es wäre katastrophal gewesen, wenn die Diebe es intensiv genutzt hätten, aber anscheinend haben sie es bis zu dem Überfall auf Frau Siebel nicht angerührt.

Wahrscheinlich wollte Herr Kranz es für einen ganz besonderen Einsatz verwahren. Ihr habt ja selbst gesehen, dass es Herr Kranz geschafft hat, für einige Zeit unsichtbar zu werden. Es wäre nicht auszumalen, wenn Menschen wie er über solch einen Zauber verfügen könnten.

Nun haben wir eine große Bitte an euch: Versucht doch, in Frau Siebels Wohnung zu gelangen, solange Frau Siebel noch im Krankenhaus ist.

Wir verlangen nicht, dass ihr die Wohnung durchsucht, unsere dienstbaren Geister würden durch euch in die Wohnung gelangen und alles klären.

Frau Siebel würde die Geister sofort spüren, wenn sie anwesend wäre. Vielleicht könnt ihr ja sagen, dass der Hund sein Körbchen vermisst oder Ähnliches.

Wir würden euch nicht bitten, wenn es eine andere Möglichkeit gäbe, vielleicht könnt ihr erahnen, wie wichtig es ist, solches Wissen unter Verschluss zu halten."

Die Mädchen sahen sich an. Ja, Hanna konnte sich schon ausmalen, was Herr Kranz mit solch einem Zaubertrank anstellen könnte. Nur: Sich unter einem Vorwand den Eintritt in eine fremde Wohnung zu verschaffen, war ein ihr widerstrebendes Gefühl.

„Wenn Sie nichts dagegen haben, besprechen wir das noch einmal, Sie haben ja recht, solch ein Buch darf nicht in die falschen Hände geraten, vielleicht gibt es noch einen anderen Weg."

Anna nickte beklommen, sie hatte sich den Besuch bei Frau Fichte auch anders vorgestellt.

In diesem Augenblick trat Frau Fichte in das Zimmer, sie hatte ein Tablett mit Limonade in den Händen.

„Ich bringe euch eine Erfrischung, ihr könnt unserem Gast ruhig vertrauen, was er mit euch beredet, liegt uns allen sehr am Herzen. Wenn ihr einwilligt, tut ihr ein gutes Werk. Wir können es Übeltätern nicht erlauben, den Gang der Dinge zu ändern.

Natürlich wären wir auch in der Lage, uns das Buch einfach zu holen, dann würden wir aber wahrscheinlich nichts über die Beweggründe der beiden erfahren.

Frau Siebel wird gar nicht bemerken, dass wir da waren, wir werden ihr das Buch erst einmal lassen, es wird allerdings mit einem Bann belegt.

Jeder, der versucht, daraus etwas zu zaubern, wird enttäuscht. Sie weiß, dass sie im Unrecht ist, und wird nichts unternehmen.“

„Ich glaube, wir sollten es tun“, sagte Anna. Auch Hanna nickte, sie konnten auf jeden Fall einmal Frau Siebel fragen, vielleicht ging sie ja gar nicht darauf ein. Nachdem die Sache erst einmal so geklärt war, verabschiedete sich der Mann und ging. Die Mädchen tranken noch ihre Limo aus und Frau Fichte begleitete sie zur Tür.

„Ihr seid wirklich tolle Mädchen, ich habe mir früher immer eine Freundin gewünscht, ihr seid zu beneiden. Sobald wir hier wieder alles im Griff haben, bekommt ihr eine weitere Einladung. Ich freue mich schon darauf."

Sie gab den beiden noch ihre Hand und war verschwunden. Verblüfft verließen die Mädchen das Haus, was war das denn?

Wieder hatte ihr Besuch nicht lange gedauert. Unschlüssig standen sie vor dem Haus. Sie beschlossen, noch heute Frau Siebel im Krankenhaus zu besuchen, sie hatten es ihr sowieso versprochen. Vielleicht wartete sie ja schon auf die beiden.

Erst als sie im Bus saßen, erzählte sie Anna von ihrer Beobachtung an dem Mann. Anna war ahnungslos, sie hatte nichts bemerkt und beide wussten nicht, was das bläuliche Licht zu bedeuten hatte. Ob sie Frau Fichte danach fragen könnten?

Der Bus hielt vor dem Krankenhaus und die Mädchen überlegten, ob sie Frau Siebel von Herrn

Kranz berichten sollten, kamen jedoch zu dem Schluss, es heute lieber bleiben zu lassen. Sie wussten nicht, wie diese reagieren würde, vielleicht käme ihr dann die Erinnerung an den Überfall und sie regte sich nur auf.

Lieber wollten sie von Susy erzählen, der Hund vermisste sein Frauchen. Vielleicht erfuhren sie ja auch, wann Frau Siebel nach Hause konnte.

IN FRAU SIEBELS WOHNUNG

Frau Siebel hatte noch immer ihren Kopf verbunden und es quälten sie häufig starke Kopfschmerzen. Deshalb wollten die Ärzte mit der Entlassung noch etwas warten.

Hanna erzählte viel über Susy und dass sie noch in ihrem Zimmer auf einer Decke schlief. Frau Siebel kam selber auf die Idee, den Hundekorb aus ihrer Wohnung zu nehmen. Sie bot den Mädchen die Schlüssel an und bat sie, ihren Blumen etwas Wasser zu geben.

Damit hatten die beiden nicht gerechnet. Hanna fiel ein Stein vom Herzen, jetzt brauchten sie keinen Vorwand mehr zu suchen, um an Frau Siebels Schlüssel zu kommen.

Sie verabschiedeten sich von ihr und gingen zur Bushaltestelle. Hanna schaute auf ihre Uhr und sagte erschrocken: „Weißt du eigentlich, wie spät es ist?

Ich muss sofort nach Hause, vielleicht sollte ich meinen Vater fragen, ob er uns beim Transport des Hundekorbes hilft.

Es ist ein langer Weg von Frau Siebels Wohnung zu uns, ich habe keine Lust, mich mit dem Korb abzuschleppen.

Sollen wir noch schnell bei Frau Fichte klingeln und ihr sagen, dass wir den Schlüssel haben?" Anna nickte nur.

Am Haus angekommen, suchten sie schon wieder nach der Klingel, das war doch verrückt, vor Stunden hatten sie geklingelt, nun sah es so aus, als hätte es hier nie einen Klingelknopf gegeben.

„Vielleicht sollten wir uns über nichts mehr wundern." Hanna hob die Schultern und blickte Anna an. „Okay, das war wohl nichts, gehen wir nach Hause."

Beim Abendessen erzählte Hanna von ihrem Besuch bei Frau Siebel und von deren Bitte, ihre Blumen zu gießen. Mutter erklärte sich bereit, am anderen Tag mit Hanna in die Wohnung zu fahren und auch den Hundekorb zu transportieren. Hanna war zufrieden.

Als sie am anderen Tag mit Mutter in die Wohnung ging, schnürte sich ihr Hals wieder zu. Die Polizisten hatten die Wohnung verschlossen, aber nicht sauber gemacht. Es roch fürchterlich, auf dem Boden klebte eine große getrocknete Blutlache.

Mutter riss erst einmal alle Fenster auf. „Das kann doch nicht wahr sein", schimpfte sie, „stell dir vor, Frau Siebel würde nach ihrer Entlassung aus dem Krankenhaus ihre Wohnung so vorfinden, die müsste doch sofort wieder mit einem Schock eingeliefert werden.

Aber wer soll sich da auch kümmern, für die Polizei ist die Sache erledigt. Es ist schlimm, wenn da niemand ist, der sich kümmert." I

irgendwie konnte Frau Siebel einem wirklich leidtun, aber nur irgendwie …

Mutter fand Eimer und Schrubber und Hanna nahm den Hundekorb und den Rest Hundefutter. Während Mutter schimpfend sauber machte, suchte Hanna nach dem gestohlenen Buch, sie war davon überzeugt, dass sich überall in dieser Wohnung zurzeit dienstbare Geister befanden.

Leider sah oder spürte sie davon gar nichts, wenn Herr Kranz oder Frau Siebel sie spüren konnten, wie machten sie das? Von einem alten Buch war weit und breit nichts zu sehen, Frau

Fichte würde ihr bestimmt erzählen, ob diese Mission Erfolg gehabt hatte.

„Wir müssen noch einmal wiederkommen, ich konnte jetzt nur das Gröbste entfernen, Frau Siebel hat keine geeigneten Putzmittel im Haus. Ich werde sie morgen selbst im Krankenhaus besuchen und alles mit ihr absprechen. Lass uns jetzt nach Hause fahren."

Hanna schaute sich noch einmal prüfend um, es schien alles so weit in Ordnung. Beruhigt zog sie die Tür hinter sich zu.

Susy freute sich über ihr Körbchen. Mutter klärte mit Frau Siebel, dass sie den Schlüssel erst einmal behalten sollte.

Die Tage vergingen, aber Frau Fichte meldete sich nicht. Hanna wurde unruhig, hatte etwas nicht geklappt oder war alles in Ordnung und sie meldete sich deshalb nicht? Sie bat ihren Vater, noch einmal mit Frau Fichte zu sprechen.

Papa sah sie fragend an: „Wieso klappt es bei euch eigentlich nicht so richtig mit Terminen?" Hanna zuckte mit den Schultern. „Bis jetzt kam Frau Fichte immer etwas dazwischen, nach eini-

gen Minuten bat sie uns zu gehen." „So... so...,
seltsam." Mehr sagte Vater nicht dazu.

Im Moment tat sich gar nichts, Anna sah sie nur
noch in der Schule, sie schwärmte so von ihrer
Verwandtschaft, dass Hanna nur noch gequält
lächeln konnte.

Frau Fichte war wohl erkrankt, Vater hatte nach-
gefragt, aber keiner konnte ihm genauere Auskunft geben.

Das Telefon klingelte, Hanna nahm den Hörer
und meldete sich. Eine Männerstimme fragte
nach Vater. Hanna erkundigte sich, mit wem sie
sprach, der Mann entschuldigte sich für seine
Unhöflichkeit und stellte sich als Herr Hörster
vor.

Hanna hatte ihn und seinen Sohn kurz gesehen,
als sie sich mit Vater traf, um Frau Fichte vorgestellt zu werden. Da ihr Vater nicht zu Hause war,
hinterließ Herr Hörster eine Telefonnummer, unter der er zu erreichen wäre, und erzählte, dass
er wohl ganz in ihrer Nähe ein passendes Haus
für seine Familie gefunden habe.

Er habe Vater als sehr netten Mann kennengelernt und freue sich, bald ihr Nachbar zu sein.

Hanna notierte die Telefonnummer sorgfältig und schrieb Hörster bittet um Rückruf! dahinter. Sie ließ den Zettel neben dem Telefon liegen.

Was war wohl mit Frau Fichte, ob sie wirklich krank war?

Sie überlegte kurz, ob sie noch einmal zu dem Haus gehen sollte, nein, noch nicht einmal eine Klingel würde sie finden. Hanna wusste, dass sie warten musste, bis Frau Fichte sich meldete.

ANNAS KNALLER

Es klingelte und Anna stand vor der Tür. Mit hochrotem Kopf und leuchtenden Augen fiel sie Hanna um den Hals. „Lass mich rein und mach uns bitte eine heiße Schokolade, ich muss dir einen Knaller erzählen, etwas, was dich aus den Socken werfen wird.

Nicht im Traum wäre mir so etwas Tolles eingefallen. Du bist die Erste, die es erfährt, schließlich bist du meine beste Freundin."

Wortlos trat Hanna zurück und ließ Anna in die Wohnung, was war denn mit der los? Sie tat ja so, als hätte sie im Lotto den Hauptgewinn gezogen. Neugierig lief Hanna hinter Anna her. Noch bevor die Schokolade fertig war, platzte Anna mit ihrer Neuigkeit heraus.

„Halte dich fest, ich habe eine Einladung nach Amerika, und zwar für ein ganzes Jahr!"

Es war gut, dass Hanna die heiße Milch gerade abgestellt hatte, sie hätte diese wahrscheinlich fallen lassen. Wortlos starrte sie Anna an. „Da staunst du, was?"

Anna ließ sich auf einen Küchenstuhl fallen. „Ich kann es immer noch nicht fassen, stell dir doch nur mal vor, all die Stars, das Filmgeschäft und die Sonnenküste.

Klar, ich muss auch zur Schule, aber daran denke ich jetzt noch nicht. Ist das nicht toll, was sagst du?" Erwartungsvoll sah Anna sie an.

Hanna rührte in ihrer Tasse, noch hatte sie nicht begriffen, was Anna ihr da verkündete, ein ganzes Jahr? War Anna eigentlich klar, dass sie sich dann so lange nicht sehen würden.

Diesen Gedanken schob Hanna aber schnell zur Seite, sie gönnte Anna ihr Abenteuer, es gab ja schließlich Telefon und Internet, sie könnten sich darüber alles erzählen.

„Toll", sagte Hanna erst einmal langsam. „Freust du dich denn gar nicht für mich?" Anna klang enttäuscht. „Doch, doch, natürlich, ich muss diese Neuigkeit nur erst einmal begreifen. Schließlich fährst du ja nicht für eine Woche um die Ecke."

„Hast recht, ich musste auch erst einmal überlegen, ob ich mitkomme. Meine Tante machte uns diesen Vorschlag, sie fliegen in zwei Wochen zurück und wollen mich dann mitnehmen." „So schnell schon?" Hanna war echt überrascht.

„Ja, ich hoffe nur, dass wir das alles mit der Schule und den Papieren hinkriegen. Wenn ich wirklich später alleine hinterherfliegen müsste, fände ich das nicht so prickelnd."

„Dann bleibt uns ja nicht mehr viel Zeit." Hanna klang enttäuscht. Anna nahm ihre Freundin in den Arm. „Du hast ja recht, aber sieh doch mal, so eine Chance bekommt man nur einmal im Leben.

Ich werde dort sicher sein, lerne Leute kennen, die ich sonst niemals zu Gesicht bekommen würde, kann meine Sprachkenntnisse erweitern und dir später einmal alles zeigen, wenn wir zusammen dort hinreisen.

Natürlich werde ich dir ganz lange Briefe schreiben und oft auch traurig sein, wenn ich an meine Lieben daheim denke." Anna ließ Hanna los und gab ihr einen freundschaftlichen Klaps.

Hanna nippte nachdenklich an ihrer Tasse, das musste sie erst einmal verdauen! Sie dürfte nicht an sich denken, sondern sollte sich für ihre Freundin freuen.

Es würde zwar eine öde Zeit ohne Anna, auch hatte sie dann niemanden mehr, mit dem sie ihre Abenteuer besprechen konnte, aber Anna hatte sie ja auch immer unterstützt und ihr alles gegönnt.

Nur, es ging alles so schnell und wer würde ihr den Rücken decken, wenn sie Hilfe bräuchte? Anna bemerkte von Hannas Gedanken nichts, sie war so sehr mit ihren Planungen beschäftigt.

Plötzlich sprang sie auf, schaute auf die Uhr und sagte: „Ich muss jetzt los, ich komme zu spät, meine Mutter wartet. Du glaubst gar nicht, wie aufgeregt sie ist.

Was sie noch alles mit mir vorhat, passt fast nicht in zwei Wochen hinein. Wir sehen uns morgen in der Schule." Schon war sie wieder zur Tür hinaus.

Das war ja ein Ding! Hanna wusste nicht, ob sie lachen oder weinen sollte. Ein Jahr ohne Anna konnte sie sich im Moment noch gar nicht vorstellen. Sie war ihre einzige Vertraute.

Einige Zeit später kamen ihre Eltern nach Hause und Hanna wollte ihnen sofort die Neuigkeit mitteilen, doch ihre Mutter winkte nur ab und sagte:

„Wissen wir schon, mein Schatz, wir trafen Annas Eltern beim Einkaufen. Natürlich haben sie uns sofort alles erzählt.

Es freut uns für Anna, aber wir können uns denken, dass es dich ganz schön mitnimmt. Allerdings brauche ich jetzt erst einmal einen Kaffee."

Mutter zog ihre Schuhe aus und warf sie in eine Ecke. Irritiert schaute Hanna ihren Vater an, so kannte sie Mutter gar nicht.

Sonderlich, sie hatte noch nie gesehen, dass Mutters Schuhe so in eine Ecke geschmissen wurden. Vater zog nur die Schultern hoch und runzelte die Stirn.

„Ich mache dann mal Kaffee", sagte er und ging in die Küche. Mutter sah die Notiz mit der Telefonnummer neben dem Telefon liegen. „Ach, der Herr Hörster hat angerufen, kann der seine Probleme nicht mit Vater im Büro lösen?"

„Oh, ich glaube es ist etwas Privates, er sprach davon, bald unser Nachbar zu werden." Hanna sah ihre Mutter an, die sich den Kopf hielt und sagte:„Seit Tagen bekomme ich immer mal wieder Kopfschmerzen, ich glaube, ich werde krank.

Sei so nett und bitte Vater, mir eine Tasse Kaffee ans Bett zu bringen, ich lege mich ein Stündchen hin."

Hanna begann sich Sorgen um ihre Mutter zu machen, sie konnte sich nicht erinnern, Mutter einmal krank gesehen zu haben. Vater kam mit heißem Kaffee aus der Küche und meinte: „Mach dir keine Sorgen, wir sind alle urlaubsreif." Dann verschwand er im Schlafzimmer.

Sie ging in ihr Zimmer. Eine kranke Mutter und eine verreisende Freundin — für heute reichte es.

Am nächsten Morgen fühlte Mutter sich wieder besser. Hanna ging kurz mit Susy raus und dann zur Schule. Annas Reisepläne waren das große Thema des Tages, alle beneideten sie und sie fühlte sich sichtbar wohl.

Hanna machte sich Sorgen, denn Anna war ihr eine größere Hilfe gewesen, als sie sich bisher eingestanden hatte. Frau Fichte fiel wohl im Moment auch aus, an wen könnte sie sich sonst noch wenden?

Frau Müller? Die hatte auch schon lange nichts mehr von sich hören lassen.

Gut, im Moment sah es nicht so aus, als bräuchte sie Hilfe.

Frau Siebel war noch im Krankenhaus und Anna wollte sich vor ihrer Reise von ihr verabschieden. In einigen Tagen wollten die beiden sie noch einmal besuchen. Mutter hatte am Nachmittag einen Arzttermin und ging aus dem Haus.

DER UNHEIMLICHE BESUCHER

Hanna las in ihrem Zimmer. Plötzlich fing Susy an zu knurren, „Ja ja, Mädchen, ich gehe gleich mit dir in den Garten, lass mich nur noch zu Ende lesen." Hanna vertiefte sich wieder in die Geschichte.

Susys Knurren wurde immer tiefer und aggressiver, aufgeregt lief sie zur Tür. Hanna hob erstaunt den Kopf, so böse hatte sie den Hund noch nicht erlebt. „He, was ist los? Da draußen kann doch gar keiner sein."

Plötzlich stellte sich Hannas flaues Gefühl im Magen wieder ein. Mit Teddy im Arm ging sie zum Fenster, der Garten lag still in der Herbstsonne, kein Mensch war zu sehen. Sie nahm Teddy Nummer zwei aus dem Regal und erschrak:

Der Bär fühlte sich an, als hätte er Fieber, er war wirklich heiß. Verblüfft hielt Hanna ihn fest. Susy bellte jetzt laut und sprang vor die Tür. Wenn sie wissen wollte, was los war, blieb ihr nichts anderes übrig, als die Tür zu öffnen.

Mit beiden Bären im Arm fühlte sie sich stark genug. Sie riss die Tür mit Schwung auf — und sah nichts, das Treppenhaus lag leer vor ihr, aber Susy drängte sich an ihr vorbei und lief bellend die Treppen hinunter.

Hanna schaute über das Geländer, erblickte aber niemanden. Sie war Sekunden zu spät, sonst hätte sie den Schatten noch gesehen. Hanna rief nach Susy, doch der Hund wollte sich nicht beruhigen. In diesem Moment klingelte es und Hanna blieb nichts anderes übrig, als hinunterzulaufen.

Susy stand ja direkt vor der Haustür. Sie hätte niemanden hereingelassen. Sie bemerkte, dass der Bär wieder abgekühlt war. Seltsam, dachte sie, doch sie hatte keine Zeit, sich darüber Gedanken zu machen.

Sie öffnete die Türe nur einen Spaltbreit und sah den Mann vor sich, den sie bei Frau Fichte als einen der Auserwählten kennengelernt hatte, den mit der unheimlichen Aura. Das gab's doch nicht, ihr Bär wurde schon wieder heiß und Susy bellte sich fast heiser.

„Hallo, Hanna", sagte der Fremde leise, „ich musste dich besuchen, weil ich keine andere Möglichkeit zur Kontaktaufnahme sah. Kann ich mit dir sprechen?"

„Bitte warten Sie einen Moment, Sie sehen ja, der Hund." Mit diesen Worten schloss Hanna die Haustür wieder. Sie nahm Susy am Halsband und zog sie zur Gartentür.

Im Gegensatz zu sonst musste sie Susy förmlich zur Tür hinausschieben. Dann schaute sie Teddy Nummer zwei an. „Was ist hier los, willst du mich vor irgendetwas warnen? Frau Fichte hält diesen Mann bestimmt für okay.

Ich werde vorsichtig sein und dich hochbringen. Muss der Mensch eben ein bisschen warten."

Sie brachte ihn allerdings nicht in ihr Zimmer, sondern versteckte ihn im Elternschlafzimmer unter Vaters Kissen. Warum sie das tat, konnte sie selbst nicht sagen.

Teddy Nummer eins steckte unter ihrem Pulli, sie hatte sich in fast alle Oberteile Taschen eingenäht, in die sie Teddy setzen konnte.

Geduldig hatte der Mann auf sie gewartet, er schlug ihr vor, ein paar Schritte zu gehen. Ihr kam der Gedanke, Susy mitzunehmen, doch so, wie die sich aufgeführt hatte, ließ sie sie besser im Garten.

Schweigend gingen sie einige Schritte nebenein-
ander her. „Wissen Sie, wie es Frau Fichte geht?"
Hanna wollte dieses Schweigen unterbrechen,
sie wunderte sich, dass der Mann ohne ein Wort
nur neben ihr herging, schließlich wollte er sie
doch sprechen.

„Nun, Frau Fichte geht es den Umständen entsprechend gut." Den Umständen entsprechend?
Welchen Umständen? Hanna wollte gerade fragen, da kam ihre Mutter um die Ecke.

„Hanna", sagte sie verwundert, „was tust du
denn hier? Und mit wem bist du unterwegs?"
Fragend schaute sie den Auserwählten an. „Oh
Mama, das ist …"

„Darf ich mich vorstellen, mein Name ist
Magierus Sneider, ich habe Ihre Tochter bei Frau
Fichte kennengelernt. Diese ist erkrankt und sie
bat mich, Hanna zu informieren und ihrer Familie
herzliche Grüße zu übermitteln."

„Das ist sehr nett von Ihnen, jetzt weiß Hanna ja
Bescheid. Vielen Dank für Ihre Mühe. Hanna, du
kommst jetzt mit nach Hause!" Mutter nahm
Hanna an die Hand und zog sie wie ein kleines
Mädchen hinter sich her. Irritiert ging Hanna mit.

Sie sah sich nochmals nach Herrn Sneider um, der winkte ihr lächelnd zu, drehte sich um und ging seines Weges. „Was soll das denn, Mama, lass mich los!" Hanna wand sich aus Mutters Hand.

Mutter blieb stehen. „Hanna, wie oft haben wir dir gesagt, dass du nicht mit Fremden gehen sollst. Du kennst diesen Menschen doch gar nicht. Wie oft bist du dem schon begegnet?"

„Hast ja recht, aber hier sind wir mitten auf der Straße, es ist heller Tag und überall sind Menschen, was sollte mir da passieren?"

Außerdem passen die dienstbaren Geister auf mich auf, das allerdings dachte Hanna nur.

„Trotzdem, wenn das ein Kollege von Frau Fichte war, hätte er Papa im Amt anrufen können." Ja, seltsam war das schon, da musste Hanna ihrer Mutter Recht geben. Schade, heute würde sie nicht mehr erfahren, was dieser Herr Sneider von ihr wollte.

DER EINBRUCH

„Ich lass Susy noch herein, sie ist im Garten."
Hanna eilte zur Hintertür. „Und ich brauche einen Kaffee." Mutter ging die Treppe hinauf.

Susy kam Hanna schwanzwedelnd entgegen, kein
Anzeichen mehr von Wut oder Zorn, so kannte
Hanna den Hund. Jetzt musste sie nur noch ihren
Bären aus Papas Bett holen, dann war alles wie-
der in Ordnung, dachte Hanna. Von wegen!

Schon auf der Treppe hörte sie Mutter schimp-
fen. Was war denn jetzt los? „Was für eine
Schweinerei, kann man denn nicht einmal aus
dem Haus gehen?" „Was ist los? Was ist denn
das? Als ich runterging, war hier noch alles in
Ordnung."

Hanna konnte es nicht fassen, es sah aus, als wäre ein Wirbelwind durch ihre Wohnung gefahren! Sie machte auf dem Absatz kehrt und rannte
hoch in ihr Zimmer, auch da herrschte das rein-
ste Chaos. Susy rannte ihr nach und fing wieder
an zu knurren.

„Mama! Bei mir sieht es genauso aus, ich war
höchstens zehn Minuten draußen." Sie rannte

die Treppe hinunter, ihre Mutter versuchte, Vater anzurufen und ihr fiel der Teddy wieder ein. Sie lief ins Schlafzimmer, auch hier waren einige Sachen durcheinander, es sah aber nicht so schlimm wie in den anderen Räumen aus.

Hanna schmiss sich aufs Bett und hob Vaters Kissen hoch, Teddy lag noch dort!

Gott sei Dank, ihn hatten sie nicht gefunden.

Sie wusste nicht, wieso, doch ihr war klar, wer immer auch hier gewütet hatte, er hatte die Teddys gesucht.

Hatte Herr Sneider sie nur aus dem Haus gelockt, um nach den Teddys suchen zu lassen, oder hatte der Einbrecher nur auf eine passende Gelegenheit gewartet. Komisch war das schon.

Sie traute dem Auserwählten nicht, diese Aura, die er bei ihrem ersten Treffen mit einer Handbewegung wegwischte, ging ihr nicht aus dem Kopf.

Mutter war es gelungen, mit Vater zu telefonieren, der versuchte, sie zu beruhigen, und versprach, sofort nach Hause zu kommen.

„Es war vielleicht gut, dass du mit diesem Herrn Sneider auf der Straße warst, womöglich wäre der Einbrecher gefährlich geworden. Kommen wir denn nie zur Ruhe?" Mama ließ sich auf einen Stuhl fallen.

Ratlos schaute Hanna sich um. Worum ging es hier jetzt eigentlich? Teddy Nummer zwei hatte zuvor noch nie irgendwie reagiert, wenn sie ihn im Arm hatte.

Hanna war überzeugt, dass es um ihn ging. Sie konnte sich doch nicht noch eine Pullitasche nähen und immer mit zwei Bären herumlaufen.

Susy hatte den Einbrecher bemerkt und Hanna hatte ihr Benehmen falsch gedeutet.

Vater hielt mit quietschenden Reifen in der Einfahrt, er sprang aus dem Auto und rannte ins Haus. Als wenn er uns retten müsste, dachte Hanna und grinste.

Mutter fiel ihm zitternd in die Arme. „Schau dich um, es ist nicht zu glauben, warum immer wir? Ist dieser Kranz etwa wieder ausgebrochen oder hat er einen Komplizen geschickt? Was will dieser Kerl von uns? Wir haben doch nichts, was ihn interessieren könnte."

Vater zuckte mit den Schultern, griff zum Telefon und rief die Polizei. Auf seine Frage nach Herrn Kranz erhielt er die beruhigende Antwort, dass dieser fest in Gewahrsam sitzt. Natürlich kamen die Beamten vorbei und nahmen eine Anzeige gegen unbekannt auf.

Während ihre Eltern aufräumten, rief Hanna bei Anna an, diese kam sofort vorbei und rätselte mit ihr, wer wohl eingebrochen war.

„Ach Anna, was mache ich nur ohne dich? So etwas darf nicht passieren, wenn du nicht hier bist." „Na ja, dann darf man dich ja überhaupt nicht alleine lassen, hier ist ja immer was los.

Wenn sich alles beruhigt hat, bitte deinen Vater doch einmal, sich um Frau Fichte zu kümmern, sie kann dir bestimmt weiterhelfen. Sie kann ja nicht immer krank sein."

„Ja, das werde ich machen." Hanna umarmte Anna. Diese half noch, ihr Zimmer wieder aufzuräumen, dabei verabredeten sie sich für den nächsten Nachmittag.

Sie wollten Frau Siebel im Krankenhaus besuchen und Anna sich auch von ihr verabschieden. Dann machte sie sich wieder auf den Weg nach Hause.

Die Mutter deckte den Tisch, es wurde jedoch kaum etwas gegessen, denn alle waren viel zu aufgeregt. „Wir brauchen unbedingt Urlaub, etwas Abstand von all dem hier tut uns bestimmt gut", sagte Vater; Mutter nickte nur.

An diesem Abend lag Hanna noch lange wach, sie dachte ganz fest an Frau Müller, es kam aber keine Antwort. Irgendwann schlief sie ein, wälzte sich hin und her, träumte vom Sternenkind und wusste plötzlich, dass dieses Kind der Schlüssel zu allen Fragen war.

Doch wie sollte sie es finden? Sie wusste ja nicht einmal, wo sie mit der Suche anfangen sollte.

FRAU SIEBEL VERHÄLT SICH SELTSAM

Am anderen Morgen fühlten sich alle Familienmitglieder schlecht, sogar Susy wollte nicht hinaus.

Vater sagte: „Es hilft alles nichts, ich habe meinen Arbeitsplatz gestern einfach verlassen, ich muss wieder hin." „Auch ich muss mich auf den Weg machen, heute schreiben wir eine wichtige Arbeit.

Ihr wisst ja, dass ich danach mit Anna zu Frau Siebel will. Ich komme also später nach Hause." Mutter nickte. „Ja, geht nur, mit Susy fühle ich mich hier sicher."

Anna schrieb ihre letzte Arbeit in der Schule, sie würde sich in den nächsten Tagen eine Beurteilung abholen und diese in Amerika bei einer deutschen Schule vorlegen.

Ihre Tante wollte sie nicht in einer normalen amerikanischen Schule unterbringen, so gut war Annas Englisch noch nicht.

Nach der Schule stiegen die beiden in den Bus und fuhren zum Krankenhaus.

Frau Siebel ging es richtig gut, sie freute sich ehrlich, die Mädchen zu sehen.

Sie behauptete zwar, sich immer noch nicht an den Überfall zu erinnern, Hanna hatte aber ihre Zweifel daran. Sie berichtete von dem gestrigen Einbruch und dass nichts gestohlen worden war.

Natürlich erzählte sie auch, dass Susy sich sehr auffällig benommen und sie dieses Benehmen falsch gedeutet hatte. Im Verlauf ihrer Schilderung fiel auch der Name des Auserwählten.

„Magierus Sneider, was für ein Name", sagte Anna lachend. In diesem Moment ließ Frau Siebel das Glas, aus dem sie gerade trinken wollte, fallen. Sie wurde kreidebleich, die Mädchen mussten eine Schwester rufen.

Diese schickte die beiden nach Hause. „Ich weiß nicht, was Frau Siebel noch hat, der Kreislauf ist nicht sehr stabil, es ist besser, wenn sie jetzt Ruhe hat. Macht euch keine Vorwürfe, es liegt nicht an euch.

Vor ein paar Tagen ist das schon einmal passiert, da hatte sie auch Besuch. Eine ältere Dame. Auch sie rief mich, als Frau Siebel zusammenbrach. Als sie ging, schien es mir, als würde sie schweben, so elegant schritt sie durch den Flur."

Die Mädchen dachten das Gleiche: Frau Fichte!
„Ich fürchte, mit der Entlassung in einigen Tagen wird das nichts, das müssen wir erst einmal in den Griff bekommen." Mit diesen Worten schob sie die beiden sanft aus dem Zimmer.

Betroffen machten sich die Mädchen auf den Heimweg. Sie waren sich sicher, dass der Schreck Frau Siebel so reagieren ließ, sie kannte Herrn Sneider bestimmt.

Was mochte Frau Fichte zu ihr nur gesagt haben? Wenn sie Frau Siebel besuchen konnte, war sie ja wieder gesund, doch woher kannten die Frauen sich? Immer wieder neue Fragen.

Die Mädchen verabschiedeten sich und jede fuhr nach Hause. Mutter hatte die Wohnung wieder aufgeräumt und freute sich, dass wirklich nichts fehlte.

Am frühen Abend rief Frau Siebel aus dem Krankenhaus an, sie sagte, dass es ihr peinlich gewesen sei, vor den Mädchen zusammengefallen zu sein, und bat sie um einen neuen Besuch.

Hanna versprach, in den nächsten Tagen noch einmal alleine zu kommen.

ANNAS ABSCHIED

Der Tag der Abreise rückte immer näher. Annas Eltern waren aufgeregter als sie selbst und ihre Mutter brach öfter in Tränen aus. So schwer hatte sie sich den Abschied nicht vorgestellt.

Nur Anna schien die Ruhe in Person zu sein, sie freute sich auf ihr Abenteuer und wollte sich das Gefühl von niemandem nehmen lassen. Die Koffer waren gepackt, die Papiere besorgt, fehlte nur noch die Abschiedsparty.

Annas Eltern hatten einen Saal gemietet und sie durfte die ganze Klasse einladen. Jeder brachte ihr eine Kleinigkeit als Erinnerung mit.

Schnell war klar, dass Anna längst nicht alles mitnehmen konnte, sie hätte viel Platz im Frachtraum gebraucht.

Anna war überwältigt, nun kamen ihr doch noch die Tränen. Hanna hielt sich still im Hintergrund. Sie war nur noch traurig. Es würden sehr viele Briefe hin- und herfliegen, das hatten sie sich versprochen.

Einmal in der Woche wollten sie, wenn möglich, auch telefonieren. So lang war ein Jahr ja auch nicht.

Dann kam der große Tag. Hanna hatte schulfrei bekommen, um mit zum Flughafen zu fahren. Mutter und sie staunten über die Größe des Fliegers.

Obwohl sie sehr zeitig auf dem Flughafen waren, verging die Zeit bis zum Abflug wie im Nu. Noch eine Umarmung, ein letzter Gruß, dann war Anna hinter der Sicherheitskontrolle verschwunden und die Maschine hob kurz danach ab. Hanna vermisste sie jetzt schon.

Als sie die Wohnung betraten, klingelte das Telefon. Vater wollte wissen, ob alles glattgegangen war. Hanna erzählte von der Größe des Flugzeugs und bat Vater bei der Gelegenheit gleich, sich noch einmal nach Frau Fichte zu erkundigen. Vater versprach, sich darum zu kümmern, und legte auf.

Der Rest des Tages verlief langweilig. Als Vater nach Hause kam, sagte er: „Ehe du mich jetzt wieder löcherst, Frau Fichte lässt dich schön grüßen, sie war krank und hat anschließend so etwas wie eine Minikur gemacht.

Jetzt ist sie wieder einsatzbereit, bittet dich aber, sie noch ein paar Tage arbeiten zu lassen, sie wird sich dann bei mir melden.

Allerdings ...", er hielt inne und zog ein Stück Papier aus seiner Hosentasche, „gab sie mir eine Telefonnummer für dich, wenn du etwas Dringendes hättest, solltest du dich bei ihr melden."

Vater hielt ihr den Zettel hin und schaute sie fragend an. „Gibt es da etwas, das ich wissen müsste? Habt ihr zwei Geheimnisse vor mir?"

„Nein", Hanna schüttelte mit dem Kopf, „ich weiß auch nicht, was das soll, ich habe sie nur nach Unterlagen für ein Referat gefragt, vielleicht meint sie das."

Hanna fühlte sich unbehaglich. Vater gab ihr den Zettel, rieb sich die Hände und fragte: „Was gibt es zu essen?" Damit schien der Fall für ihn erledigt zu sein.

Im Stillen atmete Hanna auf. Frau Fichte schien sich ja ernsthaft Sorgen zu machen, wenn sie solche Wege der Kontaktaufnahme ging.

Sorgfältig steckte Hanna den Zettel ein.

Am nächsten Tag nach der Schule nahm Hanna sich vor, bei Frau Fichte anzurufen. Mutter wollte sich um Frau Müllers Grab kümmern.

Sie fand es schrecklich, wenn verwelkte Blumen darauf standen, auch wollte sie es schon einmal winterfest machen, was immer das auch bedeutete.

So hatte Hanna das Telefon für sich. Sie zog den Zettel aus der Hosentasche und schaute sich die Nummer an. Ungläubig starrte sie auf die Zahlen, das konnte ja gar nicht sein, die Reihe war schier endlos.

Sie hatte zwar gestern nur einen flüchtigen Blick darauf geworfen, war sich aber sicher, dass da noch eine ganz normale Telefonnummer aufgeschrieben war. Vater hätte ihr niemals so eine Nummer gegeben.

Was sollte sie jetzt machen? Unschlüssig drehte sie den Zettel in ihrer Hand. Jetzt erst sah sie, dass die Nummer, die sie anrufen sollte, auf der anderen Seite des Zettels stand.

Was sollte denn die endlose Nummer? Gut, dass sie diese nicht gewählt hatte.

Nach etlichen Rufzeichen war Frau Fichte am Telefon. Ihre Stimme klang erfreut und erleichtert, als Hanna sich meldete. „Hanna, bin ich froh, von dir zu hören, wie geht es dir und den Bären? Ist alles in Ordnung bei euch?

Die unsichtbaren Helfer unterrichteten mich über den Einbruch bei euch, ist etwas abhanden gekommen?" Hanna bemerkte echte Sorge in diesen Fragen.

„Nein, uns fehlt gar nichts, den Bären geht es gut. Ein Bär ist immer bei mir, den zweiten hatte ich gut versteckt. Glauben Sie auch, dass es bei dem Einbruch um die Bären ging?

Ich war nur zehn Minuten mit Herrn Magierus Sneider unterwegs, vielen Dank auch, dass Sie ihn mir mit Ihren Grüßen vorbeigeschickt haben."

„Oh, im Moment kann ich mich nicht daran erinnern, jemanden bei dir vorbeigeschickt zu haben. Vielleicht hat er deine Sorgen gespürt und wollte dich nur beruhigen." Das klang nicht sehr einleuchtend.

„Vielleicht haben Sie recht." Hanna wollte nicht, dass Frau Fichte ihre Zweifel bemerkte. Sie erzählte noch von Annas Abreise und wie sie sich freute, wieder in Kontakt zu ihr treten zu können. Frau Fichte sagte, sie sei Tag und Nacht unter dieser Nummer für sie erreichbar und sie sollte nicht zögern, anzurufen.

Hanna legte auf, sie war nicht sicher, ob es ihr jetzt besser ging. Bei dem Gedanken an Herrn Sneider hatte sie ein ungutes Gefühl. Wusste sie doch jetzt, dass er nicht im Auftrag von Frau Fichte bei ihr war.

Mutter kam wieder, ließ sich aufs Sofa fallen und sagte, man sollte gar nicht meinen, was so ein kleines Stück Erde Arbeit machen kann.

Hanna kochte für sie beide heißen Kakao und sie genossen das Zusammensein. Zu gerne hätte Hanna Mutter ihr Geheimnis erzählt, doch sie wusste, dass Mutter dann gar keine ruhige Minute mehr hätte, war sie doch jetzt schon mit den Nerven am Ende.

Das Telefon klingelte, Annas Mutter erzählte ihnen, dass Anna gut angekommen sei, schöne Grüße ausrichten ließ und wie schrecklich das Leben ohne Anna jetzt schon sei.

Mutter versuchte sie zu trösten und verabredete sich mit ihr am nächsten Nachmittag im Park, um die Hunde auszuführen.

Hanna freute sich, dass es Anna gut ging, sie nahm die Leine, rief nach Susy und winkte Mutter zu.

Sie beneidete ihre Mutter nicht, denn Annas Mutter würde bestimmt noch lange reden.

BASTIANS EINZUG

Beim Spaziergang überlegte Hanna, worüber sie mit Frau Siebel beim nächsten Besuch reden sollte. Sie bog in eine Nebenstraße ein und stolperte fast über einen Jungen, der einen großen Umzugskarton von einem Laster hob.

Sie war so mit ihren Gedanken beschäftigt, dass sie ihn zu spät bemerkte. „Entschuldigung", murmelte sie und wollte schon weitergehen, als Herr Hörster aus dem Haus kam.

„Du bist doch Hanna, die Tochter meines werten Kollegen. Wie du siehst, wir haben ein Haus gefunden und ich freue mich, meine Familie wieder bei mir zu haben. Das ist Bastian, mein Sohn. Er ist mir eine große Hilfe. Man sollte gar nicht meinen, wie viel Arbeit so ein Umzug macht."

„Na, dann will ich nicht weiter stören, der Hund muss noch viel laufen. Wir sehen uns bestimmt jetzt öfter." Sie nickte Bastian zu und ging schnell weiter.

Das war doch der Junge, den sie schon beim ersten Sehen toll fand. Der zog jetzt fast bei ihnen um die Ecke ein. Wenn Anna das wüsste ...

Irgendwie war ihr Kopf jetzt freier und sie machte einen langen Spaziergang.

Am nächsten Morgen weckte Susy Hanna schon, bevor der Wecker klingelte. Aufgeregt lief sie zum Fenster. Hanna rieb sich die Augen und trat verschlafen neben Susy, aber sie sah nichts Besonderes.

Sie hörte die Vögel singen, so wie im Frühling, obwohl es doch Spätherbst war. Sie öffnete das Fenster, ein lauer Luftzug kam ins Zimmer. Hatte sie den Winter verschlafen?

Ihr Blick fiel auf die alte Eiche, die sich so schnell von den Folgen des Brandes erholt hatte, toll! Papa hatte sie vor einiger Zeit begutachtet und beschlossen, sie in Ruhe zu lassen. Nach dem Brand hatte er noch überlegt, ob es nicht besser wäre, den Baum zu fällen.

Hanna war damals kurz davor, Papa einzuweihen, um den Baum zu retten. Diesen Gedanken konnte sie jetzt erst einmal zurückstellen. Sie wandte sich vom Fenster ab und Susy schaute sie erwartungsvoll an.

Jetzt rappelte auch noch ihr Wecker. Hanna sprang hin und stellte ihn aus. Dann nahm sie

Teddy und schaute erneut hinaus. Sollte draußen jemand aus der Vergangenheit gewesen sein, war er jetzt weg.

„Toll aufgepasst, Susy!" Hanna streichelte den Hund, dieser war zufrieden und legte sich wieder ins Körbchen. Seit Susy bei ihr wohnte, klingelte ihr Wecker fast eine Stunde früher als sonst, schließlich musste Susy noch hinaus, bevor sie in die Schule ging.

Als Hanna am Nachmittag Frau Siebel besuchte, überraschte diese sie mit der Neuigkeit, dass sie am anderen Morgen entlassen werde. Sie freute sich sehr auf ihre Wohnung und auf Susy.

Hanna freute sich auch für Frau Siebel, nur die Sache mit Susy machte ihr Bauchschmerzen. Sie wusste ja, dass Susy nur Gast bei ihr war, trotzdem würde der Abschied schwerfallen.

Als ob Frau Siebel ihre Gedanken erraten hätte, sagte sie: „Ich hoffe, dass Susy und du weiter gute Freunde bleibt, ich werde mich bemühen, mit Susy hinauszugehen, trotzdem wäre es für uns beide eine große Hilfe, wenn du dich weiter um sie kümmern würdest."

„Das werde ich gerne tun, Susy ist ein lieber Hund." Sie verabschiedete sich und Frau Siebel versprach, sich telefonisch zu melden, wenn sie zu Hause war.

Später, als Mutter vom Parkspaziergang nach Hause kam und Hanna ihr von Frau Siebels Entlassung erzählte, wurde auch sie nachdenklich und streichelte Susy immer wieder über den Kopf:

„Dann ist unsere gemeinsame Zeit mit dir ja bald zu Ende, schade, wir hatten uns gerade so an dich gewöhnt, aber wir wussten ja alle, dass es nur ein Besuch von dir hier war." Hanna sah Tränen in den Augen ihrer Mutter.

Als sie am nächsten Tag aus der Schule kam, berichtete Mutter von Frau Siebels Anruf. Schon am nächsten Tag wollte sie Susy abholen. Hanna erschrak, es ging ihr alles zu schnell. Natürlich würde sie oft mit Susy spielen, trotzdem war es dann nicht mehr dasselbe.

„Ich drehe mit Susy noch eine letzte große Runde", sagte Hanna, schnappte sich die Leine und ging. Ihr Weg führte am Haus der Hörsters vorbei. Frau Hörster hatte schon Gardinen aufgehängt und Herbstblumen im Vorgarten gepflanzt.

Im Stillen hoffte Hanna, Bastian würde aus der Haustür kommen, tat dieser aber nicht. Dafür kam er ihr auf der Straße entgegen.

Hannas Herz schlug schneller. Bastian lächelte sie an und sagte: „Hey Hanna, ich lerne gerade etwas die Stadt kennen, ab Montag gehe ich auf deine Schule. In einer Klasse ist gerade ein Platz frei geworden, weil eine Mitschülerin für ein Jahr nach Amerika gezogen ist. So etwas möchte ich später auch einmal machen.

Jedenfalls war das ein Glück für mich, sonst hätte ich mir eine andere Schule suchen müssen. Wenn du magst, begleite ich dich ein Stück, ich muss nur meiner Mutter Bescheid sagen." Hanna nickte.

Während sie wartete, dachte sie: Bastian kommt in meine Klasse!! Das kann nur gut werden, endlich mal ein normaler Junge ohne Allüren. Schon nach einer Minute war Bastian wieder bei ihr.

„Meine Mutter hat nichts dagegen, wenn ich mit dir eine Runde drehe, sie ist froh, wenn ich hier schnell Anschluss finde." „Oh, ich werde dir am Montag alle Schüler unserer Klasse vorstellen, das Mädchen, das nach Amerika gezogen ist, ist meine beste Freundin Anna, es sieht so aus, als würden wir Klassenkameraden."

„Jetzt freue ich mich noch mal so sehr auf die Schule." Bastian nahm einen kleinen Stock auf und schmiss ihn auf eine Wiese; so schnell sie konnte, rannte Susy hinterher.

Hanna erzählte, dass Susy morgen wieder nach Hause müsste, sie erzählte Bastian auch Frau Siebels Geschichte, natürlich nicht alles.

Bastian schien beeindruckt, dass die Mädchen die Frau gerettet hatten. „Es gibt schon böse Menschen auf dieser Welt, wem hat solch eine alte Frau denn etwas getan?" Hanna zuckte mit den Schultern, sie hätte aber auf Anhieb einige Namen nennen können.

Im Park tobten sie sich mit Susy richtig aus. Die zwei waren außer Atem und auch Susy hechelte mit um die Wette. „Ich glaube, für heute reicht es", sagte Hanna und legte Susy die Leine an.

„Es tat gut, mal den Kopf freizubekommen. Wenn du Lust hast, können wir so etwas bei schönem Wetter wiederholen, ich darf Susy ausführen, so oft ich will."

Bastian nickte nur mit dem Kopf, so gerannt war er seit Wochen nicht mehr. An der Ecke verabschiedeten sie sich voneinander.

Susy streckte zu Hause nur noch alle viere von sich.

FRAU SIEBELS VERGANGENHEIT

Hanna wurde nachdenklich, sie glaubte nicht mehr, dass Frau Siebel ihr freiwillig über Herrn Kranz Auskunft geben würde. Wenn sie etwas in Erfahrung bringen wollte, müsste sie schon selber aktiv werden.

Dass sich die beiden kannten, hatte sie ja auch von dem Außerirdischen bestätigt bekommen.

Da Anna ihr nicht mit ihrem Rat zur Seite stehen konnte und sie Zeit genug hatte, begann sie zu rechnen. Frau Siebel hatte ihr auf Frau Müllers Beerdigung gesagt, dass sie aus dem gleichen Dorf stamme und Frau Müller daher kenne.

Da Frau Müller erst nach einem halben Jahr hier sichtbar wurde, musste Hanna nur noch beim Standesamt nachfragen, wann die Müllers geheiratet hatten, um ungefähr zu wissen, wie weit sie in die Vergangenheit reisen musste, um Nachforschungen zu beginnen.

Gleich am nächsten Nachmittag wollte sie mit der Anfrage auf dem Standesamt beginnen. Nach der Schule ging sie zum Rathaus, doch so einfach, wie sie sich das vorgestellt hatte, bekam sie keine Auskunft.

Erst der Hinweis, dass ihr Vater auch bei der Stadt arbeite und sie gute Bekannte von Frau Müller seien, ließ den Beamten weich werden.

Er nannte Hanna das Hochzeitsdatum und sie ging erst einmal zufrieden nach Hause. Sie wusste ja, dass Frau Siebel heute noch Susy abholen wollte; das machte aber nichts, denn solange sie in der Vergangenheit war, blieb die Zeit hier ja für sie stehen.

Egal wie lange sie auch fort war: Wenn sie wiederkam, war hier keine Minute vergangen. Daher machte sie sich keine Sorgen, nicht rechtzeitig wieder in der Gegenwart zu sein.

Nachdem sie ausgerechnet hatte, um wie viele Jahre sie zurückreisen musste, machte sie sich auf den Weg zur Eiche. Susy konnte nicht verstehen, warum sie nicht mit in den Garten durfte.

Es war ein seltsames Gefühl. Hanna stand in einem Wagen, vor ihrer Nase hing eine Apparatur, auf der sie wie bei einer Schreibmaschine Buchstaben und Nummern eintippen konnte.

Sie schrieb den Namen des Ortes und ein Datum, dann drückte sie auf den Knopf neben einer Stange und zog vorsichtig diese Stange zur Seite.

Mit einem Ruck setzte sich der Wagen in Bewegung und in Hannas Ohren begann ein solches Trommeln, dass sie dachte: Gleich platzt mein Kopf. Ganz langsam bewegte sie die Stange zur anderen Seite und der Druck ließ nach.

Puh, das war wohl zu schnell gewesen, jetzt konnte sie auch wieder die Zeituhr beobachten, die immer noch zurückrechnete. Dann gab es einen Ruck und der Wagen kam zum Stehen.

Benommen stieg Hanna aus. Dagegen war die Zeittor ja ein Luxus. Sie stand wieder auf einem Bahnhof und sah sofort den Ausgang. Vorsichtig öffnete sie eine Tür und befand sich mitten auf einem Marktplatz.

Diese Stelle muss ich mir merken, sonst finde ich den Bahnhof nicht wieder, dachte sie. Nun musste sie doch lachen, die Tür befand sich nämlich in einer Litfaßsäule. Die konnte sie nicht übersehen.

Neugierig beobachtete Hanna das bunte Treiben um sich herum. Es war Markttag und überall kauften die Leute Obst und Gemüse. Etwas ratlos sah sie sich um. Wohin sollte sie sich wenden?

In dieser Sekunde begannen die Glocken von einem nahen Kirchturm zu läuten. Die Kirche, das war doch mal 'ne gute Idee. Vielleicht konnte sie ja dort etwas erfahren.

Viel Hoffnung, bereits beim ersten Versuch fündig zu werden, und etwas über Frau Siebels Vergangenheit zu erfahren, hatte sie nicht.

Hanna fand die Kirche sofort, es war ein ziemlich großes Gebäude, davor stand ein riesiges Kreuz aus Metall. Sie betrat die Kirche durch einen Seiteneingang.

Hier drinnen war es sehr ruhig. Einige alte Frauen hielten in den Bänken Andacht. Ziemlich vorne saßen zwei Frauen, die leise tuschelten.

Hanna setzte sich genau hinter diese und versuchte, etwas von ihrem Gespräch mitzubekommen.

„Ist ziemlich ruhig bei uns geworden, seit sie weg ist", sagte die mit dem roten Tuch auf dem Kopf. „Ja, seltsam, einfach wie vom Erdboden verschwunden, sie ist nun schon die Zweite. Vor einem Jahr verschwand ja schon einmal eine Frau."

„Hoffentlich kein Mörder, der hier sein Unwesen treibt; schon seltsam, dass man keine Spur von ihr findet."

Beide nickten und schwiegen. Na, das war wohl nichts, hier würde sie nichts erfahren. Hanna stand auf und wollte gerade wieder gehen, als ein Mann aufgeregt den Gang entlangkam und vor den Frauen stehen blieb.

„Frau Siebel, kommen Sie schnell, ich glaube, sie haben etwas von Annegret gefunden." Wie angewurzelt blieb Hanna stehen, war sie hier doch richtig? Die angesprochene Frau hatte keine Ähnlichkeit mit der Frau Siebel, die sie kannte, doch das musste ja nichts heißen.

Schnellen Schrittes verließen die drei die Kirche und Hanna rannte hinterher.

„Ich wollte dir helfen, habe deine Zeituhr etwas verstellt, um dich direkt in die richtige Zeit zu lotsen", sagte die Stimme in ihrem Kopf leise. „Danke, ohne dich hätte ich noch lange suchen können." Hanna war erleichtert.

Sie wunderte sich nicht so richtig, denn zu viele Dinge geschahen, ohne dass sie Einfluss darauf hatte. „Ich stell mich später vor, jetzt ist keine Zeit", raunte die Stimme.

Nun wusste sie, dass sie auf der richtigen Fährte war. Die drei liefen bis zum Ortsausgang, Frau Siebel fasste sich an die Brust und sagte: „So schnell bin ich lange nicht mehr gerannt, oh, mein Herz. Nun zeigen Sie uns einmal, was Sie entdeckt haben."

Mehrere Männer standen beieinander und begrüßten die Ankömmlinge. „Wir wissen ja nicht, ob es wichtig ist, aber hier, diese Schuhe." Unsicher hob einer ein Paar schmutzige Schuhe in die Höhe. „Ich glaube, sie gehören deiner Tochter, beim letzten Tanzfest sind mir die Schnallen daran aufgefallen."

„Ja, du hast recht, es sind die Schuhe meiner Tochter! Du liebe Zeit, was ist ihr nur passiert? Ich habe da so eine dunkle Ahnung, bestimmt hat dieser Kranz etwas mit ihrem Verschwinden zu tun.

Seit der in ihr Leben trat, war sie wie verwandelt. Kein Argument ließ sie gelten, sie hat sich zum ersten Mal richtig verliebt.

Von Anfang an war der Kerl mir unheimlich. Über viele Generationen ging es uns blendend. Es fehlte an nichts, wir waren die Wachen, bewachten das Unheimliche. Sogar als die Zahlungen ausblieben, wachte unsere Familie treu weiter.

Auch Annegret wäre in diese Fußstapfen getreten. Das Orakel hatte meinem Großvater prophezeit, dass die Herren des Unheimlichen wieder erscheinen würden, um uns für unsere Treue zu entschädigen.

Nun befürchte ich, meine Tochter nie wieder zu sehen. Zuerst verschwand das Unheimliche und dann sie. Wahrscheinlich haben die Herren ihren Verrat bemerkt und sie bestraft."

„Ich weiß nicht, ob du mit allem recht hast, in einem aber sicher: Seit deine Tochter verschwunden ist, tauchte auch dieser Herr Kranz nicht mehr hier auf." Alle nickten betreten.

Traurig in ihr Taschentuch schniefend schlürfte Frau Siebel davon. Hanna hatte genug gehört. Das erklärte ja vieles. Wieder hatte Herr Kranz seine Finger im Spiel. Ein schmutziges Spiel.

Die Siebels waren also die Aufpasser, die das Modul bewachten. Herr Kranz hatte sich an die

Tochter herangemacht, um in den Besitz des Moduls zu gelangen. Aber was geschah dann? Wieso war Frau Siebel in ihrer Zeit gestrandet?

Auf diese Fragen gab es hier keine Antworten. Immerhin wusste sie jetzt, was die beiden verband, der Ausflug hatte sich gelohnt. Nachdenklich machte sie sich auf den Heimweg.

Die Fahrt zurück klappte einwandfrei, sie gab den Ort und das Datum ein, legte den Hebel nur etwas zur Seite und schwebte nach Hause.

Nun musste sie nur Frau Siebel völlig unbefangen gegenübertreten und ihr Erlebnis erst einmal für sich verarbeiten.

SUSYS ABSCHIED UND DIE ANKUNFT DES STERNENKINDES

Die Stunde des Abschieds war gekommen, Frau Siebel stand pünktlich vor der Tür. Mutter lud sie noch zu einer Tasse Kaffee ein. Susy freute sich wie irre, sie lief schwanzwedelnd von einem zum anderen und drehte sich im Kreis.

Frau Siebel war gerührt, so viel Freude hatte sie wohl nicht erwartet. Schließlich verabschiedete sie sich und ging mit Susy zur Tür. Hanna war sehr traurig und zog sich in ihr Zimmer zurück. Nach einer Minute klopfte es an ihrer Tür und Frau Siebel steckte den Kopf ins Zimmer.

„Darf ich mir ansehen, wo Susy die ganze Zeit gelebt hat? Ich bin neugierig." Hanna machte die Tür ganz auf und ließ Frau Siebel herein. Das Hundekörbchen stand noch in der Ecke.

„Meine Mutter wollte Ihnen den Korb gegen Abend vorbeibringen, sie hat dann noch in der Stadt zu tun."

„Ist in Ordnung, hier hat sie sich also wohlgefühlt." Frau Siebel lief ein paar Schritte hin und her, blieb am Regal stehen und ging dann weiter zum Bett. Was sollte das?

Ihr Zimmer konnte man von der Tür aus sehr gut überblicken. Susy bellte von unten und Frau Siebel ging zur Tür, wieder machte sie einen Schwenk am Regal vorbei. Hanna begleitete sie hinaus.

„Kommen Sie gut nach Hause. Wenn es Ihnen recht ist, schaue ich morgen nach der Schule kurz bei Ihnen vorbei und erkundige mich, wie Ihre erste Nacht mit Susy war." „Ja, klar, mach das."

Weg war sie. Hanna hatte das Gefühl, dass Frau Siebel es plötzlich sehr eilig hatte. Seltsame Person, dachte sie und schaute traurig zu Susys Körbchen. Ob Anna auch Sehnsucht nach Rambo hatte?

Hanna wollte das Fenster öffnen, irgendwie lag ein seltsamer Geruch im Zimmer. Sie ging an ihrem Regal vorbei und entdeckte eine kleine Schachtel, kaum größer als eine Streichholzschachtel. Die gehörte ihr bestimmt nicht, hatte Frau Siebel sie da hingelegt?

Quatsch, warum sollte sie? Sie lag halb versteckt unter einem Kerzenhalter, fast war sie nicht zu sehen, aber zu riechen! Die Schachtel war nicht ganz zu, es war zwar nur ein winziger Spalt, aber der intensive Geruch strömte dort heraus.

„Hilf mir, hörst du mich? Hilf mir, bitte!" Hanna war, als hörte sie die Worte ganz genau, sie schaute sich um, ihr Zimmer war leer. Sie griff nach Teddy, er steckte unter ihrem Pulli.

Ihr war, als ob sich die Schachtel in ihrer Hand bewegen würde, sollte die Stimme von dort herauskommen? Hanna wollte die Schachtel öffnen.

„NEIN!", schrie die Stimme entsetzt, „nicht öffnen! Eigentlich ist sie schon gefährlich offen, gefährlich für dich, gut für mich." Was sollte denn das?

„Ich bin Luisa, man nennt mich auch das Sternenkind. Mein Vater gab mir diesen Namen, da mein Großvater auf einem anderen Stern geboren wurde.

Aber das ist eine andere Geschichte. Eine dunkle Macht hat meine Seele gefangen und hier eingesperrt.

In der Schachtel befindet sich ein schwarzes Loch und ich stecke in diesem Loch. Ich weiß nicht, wie sie es machten; aber während ich schlief, haben sie meine Seele geraubt.

Ich muss zurück in meinen Körper, weiß aber nicht, wie ich mich hieraus befreien soll. Ich weiß ja noch nicht einmal, wo mein Körper ist.

Eine dunkle Macht will mit meiner Hilfe den dritten Bären finden, das muss mit allen Mitteln verhindert werden. Sie glaubten, weil ich gefangen bin, wäre ich taub. Ich habe alles gehört, was sie sprachen.

Die alte Frau, die diese Schachtel bei dir versteckt hat, hat nicht bemerkt, dass sie einen Spalt offenstand, sie war sehr aufgeregt und durcheinander. Ein Glück für mich.

Die Schachtel soll deine Gedanken sammeln, diese wollen sie auswerten, um dann weiter zu entscheiden. Ich muss hier heraus, es wäre sehr nett, wenn du mich in deinen Körper lassen würdest, sozusagen als Gast."

Hanna erschrak, wie sollte das denn gehen? „Hanna", sprach die Stimme weiter, „ich weiß, dass du im Besitz der Sternenkette bist, diese Kette ist sehr wichtig. Mit ihr kannst du mich retten. Du brauchst sie nur umzulegen."

Die Stimme klang jetzt beschwörend. Hanna hatte sich auf den Boden gesetzt, unschlüssig drehte sie die Schachtel in ihren Händen.

Sie zog den Deckel noch ein Stückchen weiter auf — ihr wurde schwindlig, die Stimme schrie noch etwas, doch Hanna konnte es nicht mehr hören.

Sie starrte in unendliche Weiten, ihr war, als würde der Boden unter ihr weggerissen, etwas in ihrem Inneren löste sich von ihr und war auf dem Weg in die schwarze Leere.

DIE RETTUNG

Genau in diesem Moment machte Mutter die Tür auf. „Post", rief sie fröhlich, aber Hanna reagierte nicht. „Was machst du da schon wieder?" Mutter nahm ihr die Schachtel ab und schloss sie. „Ist dir nicht gut? Kein Wunder bei der Luft hier drin!"

Sie öffnete das Fenster weit und atmete tief durch. Hanna saß immer noch auf dem Boden. „Was ist los? Hanna! Hanna, du, komm, ich helfe dir hoch.

Hat dich Susys Abschied so mitgenommen?" Sie setzte Hanna auf ihr Bett und legte ihr Teddy Nummer zwei in den Arm.

„Hanna, dein Bär hat Fieber." Mutter versuchte, sie aufzumuntern: „Wirklich, er fühlt sich warm an." Sie hatte recht, Teddy war ziemlich warm. Wie erwachend schaute sich Hanna um. Was war mit ihr geschehen?

Wenn Mutter nicht in letzter Sekunde gekommen wäre, sie wäre jetzt auch in dieser Schachtel gefangen. Sie nahm Teddy aus seiner Pullitasche und drückte ihn ganz fest an sich. Mutter lächelte.

„Fast hätte ich es vergessen, ich kam ja hoch, um dir Post zu bringen. Es ist ein Päckchen von Anna, es kam mit einem Boten gerade eben an. Hier, während du auspackst, mache ich uns einen Tee."

Sie legte ein Luftpostpäckchen aufs Bett und ging hinaus. Dann hatte ja Anna ihr das Leben gerettet. Sie musste ihr morgen unbedingt schreiben. Mit zitternden Beinen stand sie auf, Mutter hatte die Schachtel achtlos auf das Regal gelegt.

Hanna hatte keinen Mut, sie auch nur einen Spalt weit zu öffnen. Das Sternenkind musste sich bis morgen gedulden. Hanna glaubte, dass auch Luisa froh war, dass die Schachtel jetzt erst einmal geschlossen war.

Frau Fichte würde ihnen bestimmt helfen. Ihr Bär war immer noch ganz warm. Hanna ging zum Fenster, um es zu schließen. Sie hatte keinen Blick für den Garten, so konnte sie auch nicht sehen, dass unten Herr Sneider stand und zu ihrem Fenster hochschaute.

Sein Gesichtsausdruck verriet nicht, ob er froh war, Hanna zu sehen. Er drehte sich um und war verschwunden.

Noch etwas benommen griff sie zu dem Päckchen und öffnete es. Neben einem Brief enthielt es eine CD. Hanna las langsam Zeile für Zeile. Annas Brief war fröhlich geschrieben und Hanna musste lächeln.

Mutter rief: „Tee ist fertig!" und Hanna schaffte es, ruhig hinunterzugehen. „Na, was schreibt unsere Weltenbummlerin?" Mutter schaute Hanna neugierig an. „Lies selbst." Hanna hielt ihr den Brief hin.

„Ich schalte schon einmal den Fernseher ein, Anna hat eine CD geschickt, damit wir einen ersten Eindruck von ihrem Leben in Amerika gewinnen, und schreibt, dass noch viele folgen werden."

Der Tee tat Hanna gut, zusammen mit Mutter schaute sie Anna beim Einkaufen und Zimmergestalten zu. Anna zeigte ihnen eine traumhafte Aussicht von einer riesigen Terrasse aus.

Auch einen Pool gab es zu bewundern und Anna versprach, Hanna als nächstes Infos über einige Stars zu schicken.

„Na, die hat es ja gut getroffen, Anna wäre dumm gewesen, wenn sie da nicht zugegriffen hätte. Ich rufe gleich mal ihre Mutter an und berichte ihr von dem Film, wahrscheinlich hat sie ja auch schon Nachricht."

Na, das konnte dauern, Hanna erhob sich, ging in die Küche und machte sich etwas zu essen. Sie kaute langsam und begriff allmählich, was für ein Glück sie gehabt hatte. Kaum auszudenken, was passiert wäre, hätte der Bote nicht um diese Uhrzeit noch das Päckchen ausgeliefert.

Komisch, es war schon Abend, wieso lieferte die Post noch so spät? Mutter kam in die Küche. „Ich glaube, ich hätte den Anruf besser nicht gemacht, Annas Mutter hat noch keine Nachricht von ihr, sie schien leicht sauer."

„Vielleicht lag der Weg hierher ja auf dem Heimweg des Postboten und Annas Mutter bekommt ihre Post erst morgen. Normalerweise kommt doch um diese Uhrzeit keine Post mehr." „Du hast recht, wahrscheinlich hat Anna alles per Express geschickt."

Hanna war neugierig geworden, sie ging in ihr Zimmer und schaute sich die Verpackung genauer an. Komisch, es war noch nicht mal eine Briefmarke drauf. Papa kam nach Hause, Hanna zeigte ihm den Brief und nach dem Essen sahen sie sich die CD noch einmal gemeinsam an. Das fehlende Porto erwähnte Hanna nicht.

Wieder in ihrem Zimmer, steckte Hanna die Schachtel in ihr Schmuckkästchen, dieses konnte sie zwar dicht verschließen, aber ganz wohl fühlte sie sich bei der Sache nicht.

Auf jeden Fall wollte sie am anderen Tag mit Frau Fichte Kontakt aufnehmen, sie brauchte unbedingt ihren Rat.

HANNAS GESPRÄCH MIT ANNA

Obwohl sie ihren Wecker inzwischen wieder eine Stunde später gestellt hatte, wachte sie sehr früh auf. Sie ging zum Telefon und wählte Frau Fichtes Nummer. Ihre Eltern schliefen noch und Hanna hoffte, dass das auch so blieb.

Frau Fichte schien auf ihren Anruf gewartet zu haben, es hatte nicht einmal geklingelt, da sie war schon dran. „Ich habe erfahren, welche Schurkerei sich unsere Gegner ausgedacht haben", begann sie zu reden, ohne dass Hanna auch nur einen Ton gesagt hatte.

„Ich glaube, wir haben sie unterschätzt. Wer in der Lage ist, ein schwarzes Loch in eine kleine Kiste zu fangen, ist mächtiger als alle Gegner, die wir bisher besiegt haben. Das wird eine harte Nuss. Wenn du nach der Schule Zeit hast, komm vorbei und vergiss das Kästchen nicht. Bis gleich."

Ehe Hanna auch nur ein Wort sagen konnte, hatte Frau Fichte schon aufgelegt. Verblüfft schaute Hanna den Hörer an. Wenn mich jetzt jemand beobachtete, er würde mir einen Vogel zeigen, dachte Hanna und legte auf.

169

Im Elternschlafzimmer klingelte der Wecker. Sie ging auf Zehenspitzen hinaus und schloss die Wohnungstür ganz leise.

Hanna war in der Schule so unaufmerksam, dass die Lehrerin ihr einen Tadel ins Klassenbuch schrieb. Sie war eine gute Schülerin, aber im Moment konnte sie sich nicht konzentrieren.

Das Kästchen hatte sie nicht mit in die Schule genommen. Sie musste sowieso erst einmal nach Hause, denn Mutter war es gar nicht recht, dass sie so oft unterwegs war.

Sie bat ihre Mutter inständig, Anna in Amerika anrufen zu dürfen. Sie wollte unbedingt wissen, warum Anna das Päckchen ohne Briefmarken verschickt hatte.

Sie war sogar bereit, auf einen Teil ihres Taschengeldes zu verzichten, um das Gespräch zu bezahlen. Die Mutter bemerkte, wie wichtig Hanna dieser Anruf war, und stimmte zu.

Aufgeregt wählte Hanna die Nummer, bei Anna war es jetzt schon später Abend, hoffentlich war sie zu Hause. Nach endlos langem Klingeln meldete sich eine Frauenstimme, die Hanna fremd war.

Natürlich sprach diese englisch. Hanna war unsicher und fragte, ob Anna zu sprechen wäre. Sie hörte, wie die Frau laut nach Anna rief. Es dauerte noch eine Weile, aber endlich hörte sie Annas vertraute Stimme: „Hallo? Wer ist da? Jennie hat es nicht verstanden."

„Oh Anna, schön deine Stimme zu hören. Ich habe es nicht mehr ausgehalten. Es war toll, deine Post zu bekommen, aber deine Stimme zu hören, ist doch etwas ganz anderes."

„Hanna, altes Haus, es tut mir auch gut, dich zu hören. Das mit der Post hat mir meine Mutter schon erzählt, sie war regelrecht sauer, dass nicht sie zuerst von mir hörte.

Ich bin aus allen Wolken gefallen. Wir haben zwar die Post fertig gemacht und wollten sie zusammen abschicken. Du kannst dir gar nicht vorstellen, wie und wo ich das Päckchen für dich gesucht habe, es war wie vom Erdboden verschwunden.

Ich habe meiner Mutter zuerst gar nicht geglaubt, dass du die Sachen schon hast. Wir hatten sie nämlich erst an diesem Nachmittag zusammengestellt. Normalerweise hätten sie noch gar nicht bei euch ankommen können.

Doch dann habe ich überlegt, dass es das Wort normal bei dir ja gar nicht mehr gibt."

„Wenn ich dir sage, dass deine Post mich vor einem schlimmen Schicksal bewahrt hat, überrascht dich das bestimmt auch nicht."

Hanna schaute verstohlen zur Küchentür, sie war sich nicht sicher, ob Mutter ihre Worte verstehen konnte. Doch diese hatte das Radio eingeschaltet und hörte Musik.

„Erzähle!" Anna lauschte gespannt Hannas Geschichte. „Nun soll ich mit dem Kästchen zu Frau Fichte kommen, dann sehen wir weiter." Am anderen Ende der Leitung war erst einmal Ruhe. „Bist du noch dran?"

„Ja, klar, wenn ich nicht versprochen hätte, über das alles zu schweigen, die Drehbuchautoren würden sich hier um diese Geschichten prügeln. Wahrscheinlich haben die dienstbaren Geister das Päckchen hier weggeholt, um dich zu retten.

Ich rufe dich auf jeden Fall in den nächsten Tagen an, um das Ende dieser Geschichte als Erste zu hören. Hier ist alles so, wie ich es mir erträumt habe. Meine Englischkenntnisse sind schon recht gut.

Du hast mich gerade aus dem Pool geholt, unter mir bildet sich langsam eine Pfütze. Ich glaube, wir machen erst einmal Schluss und hören in einigen Tagen wieder voneinander.

In Gedanken bin ich fast immer bei euch. Das wird sowieso ein teures Gespräch. Grüße deine Eltern und meine auch. Ich denke, morgen wird das Päckchen für meine Eltern auch ankommen. Habe allerdings keine Ahnung, wie wir ihnen die Verspätung erklären."

„Gut, ich wünsche dir noch einen schönen Abend und mache mich gleich auf den Weg zu Frau Fichte." „Grüße auch sie schön von mir, obwohl, das weiß sie wahrscheinlich schon längst." Nachdenklich legte Hanna auf.

Klar, wenn Frau Fichte die dienstbaren Geister losgeschickt hatte, um die Post zu holen, wusste sie ja, dass Hanna in Gefahr war. Dann wusste sie jetzt auch, dass Hanna mit Anna telefoniert hatte.

Beschützt zu werden ist ja gut, aber überwacht? Hanna ging zurück in die Küche, wo Mutter gerade eine Einkaufsliste schrieb. „Ist es dir recht, wenn ich Frau Fichte besuche? Da war ich schon lange nicht mehr."

„Geh nur. Wie du siehst, wird meine Liste immer länger, wir haben unsere Vorräte schon lange nicht mehr aufgefüllt. Papa kommt heute früher nach Hause, der wird sich freuen, denn er muss mir helfen und weiß noch nichts von seinem Glück."

Hanna ging in ihr Zimmer und holte die Schachtel aus ihrem Schmuckkästchen. Gedankenvoll ließ sie die Sternenkette durch ihre Hände gleiten. Mit der Sternenkette kannst du mich retten. Diese Worte gingen ihr nicht aus dem Kopf.

Sie zog sich die Kette an, steckte sie aber unter ihre Bluse. Sie vergewisserte sich noch einmal, dass das Kästchen geschlossen war, und steckte dieses in ihre Hosentasche. Sie musste sorgsam damit umgehen, denn sie war jetzt für das Sternenkind verantwortlich.

Unschlüssig stand sie im Zimmer, dann nahm sie den zweiten Bären und legte ihn in eine Umhängetasche. Heute mussten beide mit. Hanna wusste es einfach.

DER DIENSTBARE GEIST

Mit einem „Dann bis später" verabschiedete sie sich von ihrer Mutter und machte sich auf den Weg. „Dass du beide Bären mitgenommen hast, zeigt mir, wie gut du dich vorbereitest." Hanna blieb stehen.

Sie schaute sich um, aber niemand war zu sehen. Wo bist du?, wollte Hanna sagen, aber sie dachte es nur. „Ich war es, die dir die Post zukommen ließ, dadurch bin ich jetzt dein persönlicher dienstbarer Geist.

Es ist etwas Besonderes und eine hohe Ehre für uns beide. Dadurch kann ich mit dir in Kontakt treten. Du brauchst nur an mich zu denken, schon bin ich für dich da. Erinnerst du dich, ich war es, der dich in die richtige Zeit der Vergangenheit lotste."

„Warum habe ich mich mit dem zweiten Teddy gut vorbereitet?", schickte ihm Hanna in Gedanken zu. „Da war ich wohl etwas zu vorwitzig, das darf ich dir nicht sagen, es könnte den Lauf der Dinge verändern, eigentlich wollte ich mich nur vorstellen und dachte, es wäre ein guter

Gesprächsanfang." „Dann danke ich dir für das Gespräch, bis später."

Sie war wieder einmal mit einem Gefühlschaos allein. Einen persönlichen Geist, der mit ihr in Verbindung treten konnte, was gab es noch? Sie schaute sich um, die Welt sah noch ganz normal aus.

Einige Kinder kamen aus dem Kino, andere lutschten Eis und keiner konnte sich vorstellen, dass es auf dieser Welt noch etwas ganz anderes gab. Mitten unter uns und doch so fremd.

Sie schüttelte den Kopf, was für irre Gedanken. Sie hatte eine Aufgabe zu erfüllen, das war jetzt das Einzige, was zählte.

Frau Fichte würde schon warten und dem Sternenkind ging es bestimmt auch nicht gut im schwarzen Loch.

Noch bevor Hanna klingeln konnte, wurde die Tür geöffnet. Frau Fichte sah etwas mitgenommen aus, nervös strich sie sich durchs Haar. „So habe ich lange keinem Menschen entgegengefiebert.

Ich bin aufgewühlt, das Sternenkind Luisa ist gefangen. Wir müssen sie befreien, wenn ich nur wüsste, wie."

Die Worte sprudelten nur so über ihre Lippen. Sie öffnete eine Tür ganz am Anfang der Gänge und schob Hanna fast in das Zimmer. Wieder schaute sich Hanna erstaunt um.

Dieses Zimmer hatte Glaswände, man konnte dadurch die ganze Innenstadt sehen. Es war, als würde sich eine Kamera durch die Straßen bewegen.

„Ich verdunkle mal etwas." Frau Fichte drückte auf einen Knopf und für Hanna sah es so aus, als würde es draußen dunkel. „Tolle Erfindung!" Hanna war sichtlich beeindruckt. „Ja, ganz nützlich." Frau Fichte sah Hanna fragend an.

„Hier, das ist alles." Mit diesen Worten holte Hanna die Schachtel aus ihrer Hosentasche. Vorsichtig griff Frau Fichte danach und wollte sie öffnen. „Nein, lassen Sie das lieber, Sie wissen doch, was dann geschieht."

Fragend schaute Frau Fichte Hanna an. „Es war doch erst gestern, als Sie mich davor bewahrten, diesen Fehler zu begehen." „Ich wusste, dass du in Gefahr warst, aber nicht, worin diese Gefahr bestand." Doch keine totale Überwachung, gut.

Hanna schilderte ausführlich, was passiert war. Diesmal schien Frau Fichte die Beeindruckte zu sein. „Die Auserwählten suchen schon die ganze Nacht nach Möglichkeiten, einen Ausweg für Luisa zu finden." „Luisa selbst kennt den Ausweg."

Frau Fichte starrte Hanna an. Auf diese Idee war wohl noch keiner gekommen. „Ich hole die anderen, das ist ja genial!" Ehe Hanna noch etwas sagen konnte, war sie verschwunden.

Es dauerte nicht lange und Frau Fichte kam mit drei Männern und einer Frau zurück. „Herrn Sneider kennst du ja schon, die anderen wollten sich dir eigentlich in einer kleinen Feierstunde vorstellen.

Frau Copernikus, Herr Hoch, Herr Stether und Herr Samuel sind sehr erfreut, dich zu sehen." Die so Vorgestellten neigten bei der Nennung ihrer Namen leicht den Kopf.

„Ich heiße Hanna und bin ebenfalls erfreut." Unschlüssig schaute Hanna in die Runde, alle sahen sie erwartungsvoll an. Hanna nahm das Kästchen vorsichtig hoch und öffnete es einen winzigen

Spalt. Der unangenehme Geruch verbreitete sich sofort im Raum und alle rümpften die Nase.

„Luisa! Luisa, hörst du mich?" Nichts rührte sich. Betroffenheit machte sich breit. „Vielleicht schläft sie ja." Frau Copernikus näherte sich dem Kästchen „Darf ich mal?" „Aber nicht weiter öffnen", warnte Hanna.

„Hallo!", Frau Copernikus hielt sich das Kästchen fast vor den Mund. „Welchen Ausweg hat Luisa denn vorgeschlagen?" Herrn Sneiders Stimme klang belegt.

„Luisa sucht für ihre Seele einen Gastkörper", erwiderte Hanna hastig. Alle Anwesenden sahen sich an. Hanna spürte, dass der Bär in ihrem Umhängebeutel heiß wurde. Wenn sie nur wüsste, was er damit zum Ausdruck bringen wollte.

„Das heißt Gefahr, hier spielt einer mit falschen Karten, hier stimmt etwas ganz und gar nicht, traue keinem, nimm das Kästchen und gehe!" Die Stimme in ihrem Kopf klang sehr eindringlich.

Hanna nahm Frau Copernikus das Kästchen einfach aus der Hand. „Vielleicht können Sie ja mit dieser Information von Luisa etwas anfangen, sie scheint im Moment nicht erreichbar zu sein.

Wenn Sie nichts dagegen haben, würde ich jetzt gerne gehen. Sie können sich ja bei mir melden, wenn Sie wissen, was zu tun ist." Hanna ging zur Tür und ließ die ziemlich verblüfften Menschen einfach stehen.

Draußen holte sie erst einmal tief Luft und flüsterte: „Tut mir leid Luisa, aber das war mir zu gefährlich. Wenn uns Frau Fichte wirklich helfen kann, dann nur sie alleine."

Wahrscheinlich war Frau Fichte von Hannas Benehmen genauso überrascht wie sie selbst.

LUISAS BEFREIUNG

Sie wollte nur noch nach Hause. Ihre Eltern waren zum Großeinkauf aufgebrochen und Hanna fühlte eine bleierne Müdigkeit. Sie legte sich auf ihr Bett, halt, das Kästchen!

Eigentlich wollte sie es noch in ihrer Schmuckschatulle verstauen. Sie nahm es aus ihrer Hosentasche, legte es neben sich und schlief sofort ein. Luisa hatte sich durch den Spalt in der sonst völligen Dunkelheit orientieren können und war wieder zur Oberfläche gelangt.

Wollte Hanna sie befreien? Sie beschloss, es selbst zu versuchen. Langsam, fast in Zeitlupe, kroch ein heller Streifen aus dem Kästchen zu Hannas Hals. Das Sternenkind verschwand in der Sternenkette. Hanna bemerkte von dem Vorgang nichts.

Sie erwachte, als ihre Eltern nach dem Einkauf die Sachen in die Wohnung trugen und eine Dose mit lautem Gepolter die ganze Treppe hinunterrollte. Verschlafen rieb sie sich die Augen, wieder stieg ihr der Gestank aus dem Kästchen in die Nase. Ich mache das Kästchen lieber wieder ganz zu, Luisa wird mich verstehen.

„Oh Hanna, ich bin nicht mehr in dem Kästchen, ich habe mir erlaubt, in die Sternenkette zu fliehen." Erschrocken griff Hanna nach der Kette um ihren Hals.

„Bitte nimm sie nicht ab, ich brauche zum Überleben beides, die Kette und dich! Die Kette ist nicht aus Silber, sondern aus einem Material von dem Raumschiff hergestellt, mit dem mein Opa herkam.

Diese darin enthaltene Energie erhält mich am Leben. Da meine Mutter ein Erdenmensch ist, brauche ich auch etwas von deiner Energie."

Hanna war benommen, trug sie jetzt das Sternenkind um ihren Hals? Sie zog die Kette unter ihrer Bluse hervor und betrachtete sie im Spiegel. „Ich spinne, was für ein Traum."

An der Kette hatte sich nichts verändert, nichts deutete auf die Anwesenheit eines Wesens hin.

„Doch Hanna, alles ist real, nun müssen wir nur noch meinen Körper finden, und das, so schnell es geht."

Sollte sie Frau Fichte diese unglaubliche Geschichte erzählen? Würde diese ihr das glauben?

Hanna steckte die geschlossene Schachtel mit dem nun leeren schwarzen Loch sorgfältig ein. Unschlüssig stand sie im Zimmer, dann nahm sie den zweiten Bären und verstaute diesen wieder in der Umhängetasche. Sie wusste, dass heute noch mal beide Bären mit mussten.

Hanna machte sich zum zweiten Mal auf, Frau Fichte und die anderen zu besuchen. Nach vorherigem Anruf klingelte sie später an der Tür und nach kurzer Wartezeit wurde ihr geöffnet. „Kann ich Sie einmal alleine sprechen?" Hanna schaute Frau Fichte bittend an.

„Sonst immer, aber wenn es um Sachen wie diese geht, müssen wir unbedingt zusammenarbeiten, und zwar alle, die hier sind. Du kannst jedem von uns vertrauen, wir sind aufeinander eingespielt und uns geht es um dieselbe Sache."

„Dann möchte ich mich nur für mein Benehmen von vorhin entschuldigen, ich weiß selber nicht, was in mich gefahren war. Wir hören ja dann wieder voneinander." Hanna verließ das Haus. Schade, sie hätte so gerne mit Frau Fichte gesprochen.

Die Tür wurde aufgerissen und ein aufgeregter Herr Sneider stand vor ihr. „Hanna!", seine

Stimme klang fast schrill: „Weißt du, was du da mit dir herumträgst? Die Schachtel ist nicht gesichert, wenn sie vollständig aufgeht, kann sie die ganze Welt verschlingen! Was hältst du davon, wenn ich sie in Gewahrsam nehme, bis wir wissen, wie es weitergehen soll?"

Hanna sah ihm fest in die Augen, er aber hielt ihrem Blick nicht stand und schaute zu Boden. „Gib ihm die Schachtel, er hat recht."

„Na gut", bereitwillig gab ihm Hanna die Schachtel. Verblüfft nahm er sie an. Anscheinend hatte er nicht damit gerechnet, die Schachtel so leicht ausgehändigt zu bekommen.

In diesem Moment trat auch Frau Copernikus vor die Tür. Mit einem Blick hatte sie die Situation erkannt. „Oh, Herr Sneider, das ist aber eine gute Idee, das schwarze Loch und das Sternenkind in unsere Obhut zu nehmen.

Jetzt können wir direkt mit den anderen besprechen, wie wir in der Sache weiter verfahren." Sie drehte auf dem Absatz um und ging wieder hinein.

Sehr verärgert sah Herr Sneider ihr nach. Hanna musste grinsen, so leicht, wie er sich das vorgestellt hatte, war die Sache wohl doch nicht. „Ich gehe dann mal, wir hören ja bald wieder voneinander."

Sie lief nach Hause, heute hatte sie eine ganze Menge zu überdenken. Hanna nahm sich vor, einen Brief an Anna zu schreiben, dabei könnte sie auch für sich alles in eine Reihe bringen.

Es wurden drei lange Seiten. Beim Schreiben wurde ihr immer klarer, dass es ihr alleine fast unmöglich war, Luisa zu helfen.

Sie spielte an der Sternenkette und flüsterte dabei: „Sage mir deinen letzten Aufenthaltsort, wie und warum bist du überhaupt hergekommen und wie diesen Leuten in die Hände gefallen, vor allen Dingen: Wer sind diese Leute?"

„Hergekommen bin ich, um meinen Vater zu suchen, er hatte sich aufgemacht, die Zukunft zu erforschen. Als unsere Zivilisation unterging, gelang es meinem Großvater, uns aus dem ganzen Chaos zu retten.

Wir kehrten hinterher in das zerstörte Gebiet zurück, um auf Vater zu warten. Schließlich dauerte mir das zu lang und ich beschloss, heimlich in ein kleineres Schiff zu steigen und ihn zu suchen.

Seine Spur führte mich in diese Zeit. Jetzt weiß ich, das musste ja schiefgehen."

Hanna wollte gerade fragen, wo Luisa das Schiff verlassen hatte, als ihre Tür aufgerissen wurde. „Wo ist sie? Wo ist meine Tochter?" Laut und verzweifelt rufend stand der Außerirdische vor Hanna.

„Das Sternenkind ist deine Tochter?" Hanna riss die Augen weit auf. „Deine Tochter ist in Sicherheit, jedenfalls so gut, wie es die Umstände zulassen. Sie ist bei mir."

„Bei dir? Wo?" Fragend schaute er sich um. „Hm, wie soll ich das erklären? Sie wurde, von wem auch immer, gefangen, ihre Seele wurde aus ihrem Körper heraus in ein Kästchen gesperrt.

Wie die Schurken das auch geschafft haben: In dem Kästchen befindet sich ein schwarzes Loch, in dem Luisa über den Verbleib des dritten Bären ausspioniert werden sollte.

Frau Siebel hat dieses Kästchen in meinem Zimmer versteckt, um so auch von mir etwas über die Bären zu erfahren. Luisa ist ein sehr kluges

Mädchen, es ist ihr gelungen, sich in meine Halskette zu retten." Hanna zeigte auf ihre Sternenkette. „Luisa hat wohl erkannt, dass diese Kette aus einem ganz besonderen Material hergestellt wurde.

Außerirdisch — sozusagen."

Der Fremde kam näher, er schaute sich die Kette genau an, dann schüttelte er den Kopf. „Tut mir leid, ich kann da nichts erkennen. Kann Luisa mich denn hören?" Hanna horchte in sich hinein.

„Sage meinem Vater bitte, dass es mir unendlich leid tut, ich bin froh, seine Stimme zu hören, und weiß jetzt, dass alles gut wird." Hanna wiederholte Luisas nur für sie hörbare Worte und ihr Vater nickte.

Mutter rief von unten und Hanna schaute erschrocken auf die Uhr, es war schon sehr spät geworden. „Heute können wir nichts mehr machen, vielleicht kannst du mich ja morgen früh auf dem Schulweg begleiten, Luisa kann uns bestimmt noch einige Informationen zukommen lassen."

DIE HERKUNFT DES HERRN KRANZ

Am nächsten Morgen stand der Fremde schon wartend vor der Tür. „Übrigens, ich heiße Leuchto. Der Name mag dir seltsam vorkommen. Aber mein Vater kam vom Planeten Leuchtum und er bestand darauf, mich ähnlich zu nennen."

„Angenehm." Hanna nickte. „Luisa hat sich bis jetzt nicht wieder gemeldet." „Das ist kein gutes Zeichen, sie wird immer schwächer. Mir muss unbedingt etwas einfallen.

Weißt du, ich habe nachgedacht, schon damals, als du mir sagtest, dass dieser Herr Kranz für dich und wahrscheinlich auch für alle anderen in jeder Zeit sichtbar ist. Da hätte ich hellhörig werden müssen.

Leider war ich so mit meinen Problemen beschäftigt, dass ich nicht weiter darüber nachgedacht habe. Ich bin heute Nacht mit meinem Vater in Kontakt getreten, auch er war sehr beunruhigt. Er erzählte mir folgende Geschichte:

‚Unser Raumschiff war auf dem Weg zu einer Gefangenenkolonie. Wir sollten dort einige Verbrecher abliefern. Nach unserer Bruchlandung fanden wir nur tote Gefangene, diesen Teil des Schiffes hatte es besonders schwer getroffen. Es ist nicht auszuschließen, dass einige Verbrecher fliehen konnten. Wir mussten alle ums Überleben kämpfen und konnten uns nicht darum kümmern.'

Mein Vater schließt nicht aus, dass so ein Kerl auch in der Lage ist, sich ein Teil eines Schwarzen Loches zu besorgen. Diese Schwarzen Löcher sind sehr gefährlich, es gibt winzig kleine, denen darf man sich nicht auf Lichtjahre nähern, dann wieder sehr große, die nicht so gefährlich sind.

Wenn man lebensmüde ist, kann man sich daran wagen und eine kleine Ecke abreißen. Ich habe sie immer mit euren Giftspinnen verglichen, die kleinsten sind auch die gefährlichsten.

Sollte dieser Herr Kranz ein geflohener Sträfling sein, müsste mein Vater sofort Kontakt mit seinem Heimatplaneten aufnehmen. Inzwischen hat man das verschollene Raumschiff von dort aus geortet und sie stehen in ständigem Kontakt."

„Das macht Sinn, daher kannte er auch dein Modul." Plötzlich fügte sich alles zusammen. „Aber was hat er mit dem Bären zu tun und wie konnte er Luisa fangen? Er sitzt doch noch im Gefängnis."

Sie waren an der Schule angekommen, Bastian bog um die Ecke und sie mussten die Unterhaltung abbrechen. Am liebsten würde sie heute die Schule schwänzen, um nach Luisas Körper zu suchen. Sie hatte keinen Zweifel, dass Leuchto alles versuchen würde, das Schiff zu finden.

Luisa meldete sich in der gesamten Unterrichtszeit nicht. Als die Schule zu Ende war, stand Leuchto schon wartend am Tor.

„Ich habe Luisas Schiff gefunden. Genau an dieser Stelle wäre ich auch gelandet. Sie ist eben meine Tochter, deshalb denkt sie genau wie ich. Ihr Körper ist auch da. Er liegt in ihrem Bett.

Komm bitte, wir müssen uns beeilen, die Schurken haben ihr zwar ein Serum gespritzt, das den Körper am Leben hält, doch das wirkt nur noch kurze Zeit."

Er zog Hanna mit. Einige Kinder sahen, dass sie sich plötzlich nach vorn bewegte, als hätte man eine Rakete gezündet. Ungläubig blickten sie ihr nach.

Völlig außer Atem kamen sie im Park an. „Entschuldige, aber es geht wirklich um Minuten." Hanna sah sich auf der großen Wiese um, trotz ihres Bären konnte sie nichts Ungewöhnliches feststellen.

„Unsere Tarnung ist für rein menschliche Wesen nicht zu durchschauen, vertraue mir weiter und es wird alles gut." Seinen Bewegungen nach zu schließen schob er eine Tür auf.

Sie war direkt hinter ihm und hatte das Gefühl, sie ging durch die Luft nach oben. „Wir steigen eine Rampe hoch, jetzt ist es nicht mehr weit."

Noch einmal schob er etwas zur Seite, dann konnte Hanna Luisas Körper erkennen. Sie wirkte, als wäre sie erst sechs oder sieben Jahre alt. Für Hanna sah es aus, als schliefe sie freischwebend in der Luft.

Sie schaute nach unten, die Wiese schien gut einen Meter unter ihr zu sein. Verstohlen blickte sie sich um, zum Glück war kein Mensch zu sehen.

„Bitte Hanna, du musst jetzt stark sein, ich habe so etwas auch noch nie erlebt, kenne es aber aus Erzählungen. Ich bitte dich, beuge dich über Luisa, ergreife ihre Hände und lass zu, dass sie von deiner Energie etwas mehr nimmt.

Es kann sein, dass dir schwindlig wird. Sie wird dir aber auf keinen Fall schaden."

Ohne lange nachzudenken ging Hanna in die Knie und nahm Luisas Hände.

Sie sah, wie ein heller Schein langsam aus ihrer Kette in Luisas Nase verschwand.

Das Mädchen begann nun, Hannas Hände zu drücken. Erst nur etwas, dann aber so stark, dass es schmerzte. Erschrocken versuchte Hanna, sich aus dem Druck zu befreien.

Luisa ließ nicht los und Hanna hatte das Gefühl, leer gesaugt zu werden. Luisa brauchte zu viel von ihrer Energie, sie verlor das Bewusstsein.

Leuchto bemerkte, dass da etwas nicht stimmte, auch ihm gelang es nur mit Mühe, Hannas Hände aus Luisas zu befreien.

Erschrocken fühlte er ihren Puls, er schlug sehr langsam. Dabei bemerkte er den Bären unter ihrem Pulli. Behutsam legte er ihn auf Hannas Hals.

Dann wandte er sich seiner Tochter zu, die gerade die Augen öffnete. Völlig benommen sah sie sich um. Langsam schien sie zu begreifen, was hier gerade passiert war. Sie lächelte ihren Vater an.

„Das ist ja gerade noch einmal gut gegangen. Ich hatte schon allen Mut verloren, nicht einmal mehr bemerkbar konnte ich mich machen, null Energie."

Langsam stand sie auf, ihre Bewegungen waren noch recht eckig. Sie beugte sich über Hanna, nahm den Bären hoch und streichelte ihn. „Lange ist es her, dass wir uns begegnet sind, wie ich sehe, hast du dir eine neue Besitzerin ausgesucht. Du hast eine gute Wahl getroffen. Nun müssen wir ihr aber helfen, wieder auf die Beine zu kommen."

Sie küsste den Bären und hielt die Stelle mit ihrem Kuss auf Hannas Mund. Sofort begann Hanna nach Luft zu schnappen, wie ein Fisch auf dem Trockenen. Nach einigen Atemzügen gelang es ihr, sich aufzusetzen.

So eine Erfahrung wollte sie im ganzen Leben nicht noch einmal machen. Es war, als hätte man ihr das Leben ausgesaugt und dann mit einem

Schwung wieder eingepumpt. Aber es hatte sich gelohnt, denn Luisa so zu sehen, fühlte sich gut an.

„Hanna", begann Leuchto leise, „wir wissen, was wir dir zu verdanken haben. Nun muss ich Luisa sofort nach Hause bringen; nur da stehen die Geräte, die Luisa wieder völlig gesund machen.

Zuvor aber werde ich dich nach Hause begleiten. Ich bitte dich, suche bald einen Arzt auf, du wirst Vitamine und Mineralien brauchen. Vor allem musst du dich jetzt schonen.

Wie Luisa auch wirst du dich gut fühlen, doch neue Energie baut sich nur langsam auf. Deine Bären werden dir helfen, besonders dein zweiter, denn das ist der Bär der Gegenwart.

Wie du bestimmt schon selber gemerkt hast, ist der erste Bär der Bär der Vergangenheit. Mehr kann ich dir im Moment nicht sagen, dazu müsst ihr ganz erholt sein. Ich verspreche dir, wir kommen zurück und werden alles klären."

Luisa nickte nur zu den Worten ihres Vaters und nahm Hanna ganz fest in den Arm.

Zu Hause angekommen, merkte Hanna erst so richtig, wie schlapp sie war. Sie erzählte ihrer Mutter, dass sie sich nicht gut fühlte und sich erst mal hinlegen wollte. Sie schlief sofort ein.

Im Traum traf sie Frau Müller, diese lobte sie: „Alles richtig gemacht, Hanna. Schon bald wird alles erledigt sein. Nun komm erst einmal wieder zu Kräften. Was du geleistet hast, macht dir so schnell keiner nach."

Dann träumte Hanna von den beiden Bären; diese sehnten sich nach dem dritten. Ein Bär der Vergangenheit, ein Bär der Gegenwart und der dritte?

Sie schlief, schlief und schlief.

DAS AUFWACHEN

Hanna öffnete die Augen und schaute sich langsam um.

Was war geschehen?

Wie lange hatte sie geschlafen?

Irgendwie fühlte sie sich gut, sie reckte und streckte sich. „Oh, sieh, sie wird wach, sie ist wieder da!" Mutter sprach diese Worte in ihr Handy.

Wieder da? Ihr war nicht bewusst, dass sie weg gewesen war. „Oh Hanna", Mutter stand strahlend vor ihr. „Endlich, ich bin fast umgekommen vor Sorge. Fast 7 Tage warst du nicht ansprechbar."

7 Tage? Was war passiert, und wo war sie jetzt? Hanna setzte sich etwas hoch und schaute sich erstaunt um. Die Einrichtung des Zimmers kannte sie von Besuchen bei Frau Müller und Frau Siebel. Sie lag im Krankenhaus.

Jetzt bemerkt sie auch, dass sie an Schläuchen angeschlossen war, Hilflos schaute sie ihre Mutter an. Diese reagierte sofort und drückte einen Klingelknopf. „Gleich wird jemand kommen, wie fühlst du dich?"

Noch einmal bewegte Hanna alle Glieder, fühlte sich normal an, wie immer. „Gut, was war denn los?" „Ich weiß nicht, was mit dir passiert ist, du kamst nach Hause, legtest dich sofort in dein Bett, machtest die Augen zu, und bis eben nicht mehr auf.

Wir riefen, als du am nächsten Tag nicht wach wurdest, den Doktor, der untersuchte dich, und rief dann einen Krankenwagen. Auch hier wurdest du gründlich untersucht.

Deine Blutwerte waren im Keller, es wurden viele Mangelerscheinungen festgestellt. Keiner konnte sich erklären wie du in diesem Zustand kommen konntest."

Hannas Gedanken gingen zurück, nach und nach kam die Erinnerung wieder. Während Mutter weitersprach, fiel ihr alles wieder ein.

Es ging um Luisa, dem Sternenkind.

Luisa musste, um selbst zu überleben, Hannas Lebensenergie anzapfen. Dabei hatte Luisa wohl die Kontrolle über sich verloren und ihr zu viel Energie genommen. Luisas Vater hatte diesen Vorgang in letzter Minute gestoppt.

Luisa hatte dann den Bären geküsst und diesen Hanna auf dem Mund gedrückt. Ihre Gefühle fuhren in diesem Moment Achterbahn, sie hatte das Gefühl, mit einem Schwung sämtliche Energie wieder eingepumpt zu bekommen.

So weit war ihre Erinnerung jetzt wieder da.

Die Tür ging auf und ein ganzer Schwarm von Ärzten und Schwestern betrat den Raum. „Da ist ja unser Sorgenkind wieder, wie fühlst du dich?" Ein älterer Arzt, mit dicker Hornbrille, hinter der ein paar hellwache Augen besorgt auf Hanna blickten, trat an ihr Bett.

„Mir geht es gut. Was war denn mit mir?" „Keiner ist bis jetzt dahinter gekommen was dieses komplette Versagen deines Körpers ausgelöst hat. Wenn es nicht unmöglich wäre, würde ich sagen, deine Batterien wurde mit einen mal geleert, dein Körper stand auf der letzten Reserve."

Ein anderer Arzt trat vor, und fühlte Hannas Puls. „Wir werden dein Blut noch einmal untersuchen und wenn alle Werte wieder normal sind, würden wir dich in zwei-drei Tagen nach Hause entlassen." Fragend schaute er Mutter an.

„Das geht in Ordnung, wir wollen ja sicher sein, das sich so etwas nicht wiederholt." Vor Freude und Erleichterung rannten Tränen über Mutters Gesicht.

„Gut, dann werden wir dich einmal von den Schläuchen befreien und dir Blut abnehmen." Der Arzt nickte Hanna zu, bedeutete einer Schwester die Schläuche zu entfernen und verließ mit dem Rest der Truppe das Zimmer.

Als die Schwester fertig war, verspürte Hanna Durst. Sie versuchte sich aufzusetzen, es gelang ihr nicht gleich. Sie schaute nach links und nach rechts, konnte ihren Bären aber nirgendwo entdecken.

DIE ERINNERUNGEN

„Wo ist mein Bär?" Panik schwang in ihrer Stimme. „OH, mein Schatz, der musste mit uns nach Hause, direkt am ersten Tag machte uns eine Krankenschwester klar, dass Spielzeug, besonders wenn es auch noch haarig ist, im Krankenzimmer nichts verloren hat. Sie sagte etwas von Bakterien und so."

„Bitte, Mama, hol ihn mir!" Hanna sagte das so eindringlich, dass Mutter von ihrem Stuhl aufstand, nickte und sagte: „Gut, mein Schatz, kann ich dich den alleine lassen? Ich sitze jetzt seit 5 Stunden hier. Vorher war Papa da, es war Tag und Nacht immer einer von uns bei dir."

„Ja, es geht mir wirklich gut, jetzt kannst du auch mal an dich denken. Grüß Papa schön von mir." „Der wird sich freuen dich wach zu sehen, als du die Augen aufgemacht hast, habe ich gerade mit ihm telefoniert, Er weiß also Bescheid."

Mit gemischten Gefühlen ging Mutter zur Tür, auf jeden Fall wollte sie noch mit einer Krankenschwester sprechen ehe sie ging. Gerade als sie die Zimmertür öffnen wollte, trat eine Schwester ein.

„Oh, Schwester, das kommt gut, zu Ihnen wollte ich gerade", begann Mutter, „ist es in Ordnung wenn ich Hanna ein wenig alleine lasse um ihr ein paar Sachen zu holen?"

„Ja, klar, alles kein Problem, wir passen schon gut auf Hanna auf, lassen Sie sich ruhig Zeit." Freundlich nickte sie Mutter zu. „Okay mein Schatz, ich hoffe ich vergesse nichts."

„So, und nun zu dir", die Schwester strahlte Hanna an, „wir sind alle sehr erleichtert dich wieder hier zu haben, ich denke; du hast Hunger.

Da dein Magen in der letzten Woche keine feste Nahrung bekommen hat, müssen wir langsam, mit leicht verdaulichen anfangen."

Sie reichte Hanna eine Art Speisekarte und wartete gespannt, was sie sich wohl aussuchen würde.

Hanna horchte in sich hinein, nein, sie verspürte keinen Hunger. „Ist es Ihnen recht, wenn ich noch etwas warte? Im Moment kann ich mir nicht vorstellen etwas zu essen."

„Das ist nicht schlimm, du solltest aber nicht zu lange warten, je eher du wieder normal essen

kannst, desto schneller bist du hier wieder raus."
Ja, hier raus, das wäre nicht schlecht, dachte
Hanna.

„Ich komm später noch einmal vorbei." Mit diesem Worten verließ die Schwester das Zimmer.

Verrückt, etwas anderes fiel Hanna in diesem
Moment nicht ein. Dass das Abenteuer mit Luisa
solche Auswirkung auf sie haben würde, damit
hatte wahrscheinlich nicht einmal   Leuchto,
Luisas Vater, gerechnet.

Der riet ihr zu Vitaminen und Ruhe um ihre Energie wieder aufzuladen. Aber ein Körper ist keine
Maschine die man mal eben reparieren kann.

Hanna versuchte das Bett zu verlassen, auf zittri-
gen Beinen stand sie endlich neben dem Bett. Bei
den ersten Schritten musste sie sich am Bettge-
stell festhalten.

So wird das nichts, dachte sie. Mit wackeligen
Knien setzte sie sich auf das Bett. Luisa, Luisa,
was hast du mit mir gemacht.

Eine andere Schwester betrat das Zimmer, sie
brachte einen großen Becher dampfenden Kakao. „Oh, das ist gut, das du dich bewegen willst,

du solltest jedoch Hilfe rufen, deine Muskeln müssen erst wieder in Schwung kommen. Hier, trink das erst einmal, es ist ein Energiemix der auch noch gut schmeckt.

Scheue dich nicht zu klingeln, wir freuen uns dir jederzeit Hilfe zu leisten."

Sie stellte den Becher auf das Schränkchen und ging wieder. Hanna nahm den Becher und trank langsam, Schluck für Schluck.

Das tat ihr gut, in ihren Magen begann es zu brodeln, er gluckste und rumorte. Erst langsam beruhigte er sich wieder und eine wohlige Wärme machte sich im ganzen Körper breit.

Ihre Gedanken gingen zurück, was hatte sie in letzter Zeit alles erlebt. Angefangen hatte alles als Frau Müller ihr ihren Bären schenkte. Damals konnte sie mit der Bezeichnung Nachfolgerin noch nichts anfangen, heute wusste sie genau was Frau Müller damals meinte.

So fing alles an. Sie konnte Menschen, die sich auf Zeitreisen befanden und für alle anderen unsichtbar waren, sehen. Sie bekam einen mächtigen Feind, Herr Kranz, ihr Widersacher, versuchte ihr zu Schaden wo er nur konnte.

Sie selbst konnte in die Vergangenheit reisen. Das half ihr, ihr Elternhaus und die alte Eiche im Garten vor Herrn Kranz zu retten.

Ein großer Bahnhof, unter der Eiche konnte wieder aktiviert werden und die durch Herrn Kranz hier gestrandeten Menschen wieder nach Hause bringen.

Hanna nahm noch einen großen Schluck, wie es Flo und Oliver wohl jetzt ging? Die beiden wurden ihre Freunde und dürften als eine der Ersten in ihre Zeiten zurück reisen. Anna, ihre Freundin war noch in Amerika bei Verwandten.

Ein ganzes Jahr würde sie dort wohnen. Annas Onkel arbeitete für die Filmbranche, sie hatte wohl schon einige Stars kennengelernt.

Wie es wohl Frau Siebel ging? Irgendwie was sie Mitschuld an ihrer jetzigen Lage. Hanna wusste nicht, ob sie Hass oder Mitleid mit ihr empfinden sollte.

Sie konnte sehr hinterlistig sein, dann wiederum wirkte sie so hilflos, es war sehr schwer sie zu beurteilen.

Auch sie kam aus der Vergangenheit, ihre Familie hatte über Generationen das Modul des Außerirdischen bewacht. Dann aber hatte Herr Kranz die junge Frau so in seinen Bann gezogen, dass sie ihm folgte und das Modul für ihn gleich mitnahm.

So ist es in seinem Besitz gelangt. Herr Kranz hatte dann die Macht des Moduls genutzt um ihren Großvater verunglücken zu lassen.

Dann war da ja auch noch Luisa, das Sternenkind. Luisa kam aus einer vergangenen Vergangenheit. So hatte ihr Vater die Zeit aus der sie kamen, beschrieben.

Auf der Suche nach ihrem Vater war sie dunklen Mächten in die Hände gefallen. Diese hatten ihre Seele in einem schwarzen Loch, das wiederum in einem kleinen Kästchen gesperrt war, gefangen.

Frau Siebel wiederum hatte dieses Kästchen in Hannas Zimmer versteckt, sie hoffte wohl, Hannas wissen um den dritten Bären mit Hilfe des Sternenkindes aufzufangen.

Nur durch die Nachlässigkeit von Frau Siebel was dieses Kästchen einen Spalt breit offen. Das schwarze Loch verbreitete solch einen intensiven

Gestank, das Hanna schnell aufmerksam wurde
So konnte Luisa mit ihr in Verbindung treten

Herr Sneider, einer der Auserwählten, hatte das Kästchen in Verwahrung genommen da von diesem eine große Gefahr für die ganze Welt ausging.

Was Herr Sneider nicht wusste, war, dass Luisa zu diesem Zeitpunkt schon nicht mehr im schwarzen Loch gefangen war. Sie hatte sich in Hannas Sternenkette gerettet.

Luisas Vater fand dann den Aufenthaltsort ihres Körpers, so konnte ihre Seele wieder zurück aus Hannas Kette in den Körper. Hanna konnte sich jetzt vorstellen wie Luisa sich gefühlt haben muss, sämtliche Energie war verbraucht.

Durch Hannas Energie konnte sie die ihre wieder etwas auftanken und Hanna hoffte, dass die Beiden die Heimreise gut geschafft haben.

Sie lag nun schon eine Woche handlungsunfähig im Bett. Luisa wollte eigentlich nur soviel Lebensenergie abzapfen wie sie braucht um heil wieder in ihre Zeit zu gelangen. Dann aber ging alles schief.

Leuchto, Luisas Vater bemerkte dass etwas nicht stimmte und griff ein. Sie bekam noch mit, wie Luisa mit ihrem Bären sprach, diesen dann küsste und ihn ihr dann auf den Mund drückte. Ihr war, als ob dadurch ihre ganze Energie mit einem Schwung wieder eingehaucht wurde.

FRAU MÜLLERS BESUCH

Hanna war überzeugt, hätte man ihr den Bären gelassen, sie wäre längst wieder fit. Nun blieb ihr nichts anderes übrig, als auf ihre Mutter und den Bären zu warten. Langsam fielen ihr die Augen zu, sie fiel in eine Art Dämmerschlaf.

„Na, das ist ja gründlich schief gegangen." Ihr persönlicher Geist meldete sich zu Wort. „Da hätte dir wirklich nur dein Bär helfen können, aber, das konnte ja hier keiner wissen. Frau Fichte hat versucht, dich zu besuchen. Deine besorgten Eltern ließen jedoch niemanden zu dir.

Da du ja nicht ansprechbar warst, hätte ein Besuch am Krankenbett in den Augen deiner Eltern auch keinen Sinn gemacht. Das auch sie dir hätte helfen können konnte sie ja schlecht sagen."

„Ja, alles ist schief gelaufen, ich will nur noch hier raus. Warum bin ich denn jetzt so müde? Geschlafen habe ich doch wohl genug."

„Bis jetzt hat dein Körper Schwerstarbeit geleistet um sich zu regenerieren. Die Müdigkeit jetzt ist nur zum Ausruhen, wenn du wieder erwachst

geht es dir besser, und du wirst mehr wissen."
Hanna nickte nur, dann schlief sie feste ein.

Es dauerte nicht lange und Frau Müller kam sie besuchen. Hanna sah sie klar und deutlich Sie begrüßte Hanna und zog sich einen Stuhl ans Bett.

„Na, du machst ja Sachen", begann sie „damit hatte keiner gerechnet, aber so sind menschliche Körper, angreifbar und gebrechlich. Das du Luisa das Leben gerettet hast, und das sprichwörtlich in letzter Sekunde, ich glaube du kannst dir nicht vorstellen was du damit geleistet hast.

Das Sternenkind ist die Verbindung zwischen den Welten! Wer weiß was passiert wäre wenn ihr hier bei uns ein Leid zugefügt worden wäre. Luisas Opa ist jetzt noch damit beschäftigt, die Wogen wieder zu glätten.

Ich soll dich von ihr grüßen, auch sie ist noch nicht wieder ganz hergestellt und ihr Vater überlegt schon, sie zu einem anderen Planeten zu bringen. Dort haben sie ganz andere Möglichkeiten ihr zu helfen.

Seele und Körper waren lange getrennt, das hat mehr Schäden hinterlassen als man ahnen kann."

Erschrocken schaute Hanne sie an, „Wird sie denn wieder ganz gesund?" „Ja, so wie es aussieht."

Im Flur vor der Tür wurden Stimmen laut. Frau Müller stand auf. „Ich werde mich jetzt erst einmal verabschieden, natürlich bleiben wir in Verbindung, doch auch du musst dich zuerst einmal vollständig erholen." Hanna wollte sie anschauen aber, sie war weg.

Irritiert schlug Hanna ihre Augen auf, sie sah sich im Zimmer um, nein, sie hatte nicht geträumt, der Stuhl stand noch an ihrem Bett. Die Tür wurde geöffnet und eine ältere Schwester trug ein Tablett mit dampfenden Essen herein.

Du musst essen – die Stimme im Kopf klang beschwörend. – Dein Körper braucht diese Nahrung dann bist du auch schneller hier raus. –
Hanna sah ein das essen nötig war.

„So, ich habe dir einfach einmal etwas zusammengestellt, ich hoffe, es schmeckt dir." Die Schwester zog ein Brett aus dem Nachttischschrank und stellte das essen darauf.

Zuerst zog sich ihr Magen zusammen, er wollte keine Nahrung. Doch der Duft der ihr in die Nase stieg, ließ ein Hungergefühl aufkommen.

„Danke, wenn es so schmeckt wie es riecht, esse ich gerne." Die Schwester nickte. „Dann, guten Appetit, ich schaue später noch mal nach dir." Zufrieden verließ sie das Zimmer.

Langsam, Löffel um Löffel wurde der Teller leer. Hanna aß eine Suppe, in der einige Gemüsestücke und etwas Fleisch waren. Sie war nicht besonders gewürzt, schmeckte ihr aber.

Als der Teller leer war, legte sie sich zufrieden zurück. Der erste Schritt war getan! Von nun an konnte es nur noch Bergauf gehen. Eigentlich fehlte ihr jetzt nur noch ihr Teddy um ganz schnell wieder auf die Beine zu kommen. Sie versuchte, etwas zu träumen, doch die Tür ging schon wieder auf.

DIE HEIMKEHR

Mit einem strahlenden Lächeln schaute Mutter auf den leeren Teller. „Du glaubst gar nicht wie beruhigt ich bin, wenn du wieder isst. So kommst du schnell wieder zu Kräften. Ich glaube, dein Bär ist auch zufrieden mit dir.

Hier, nimm ihn, ich habe das Gefühl, auch er hat dich vermisst." Mit diesen Worten zog sie den Bär aus ihrer Stofftasche und gab ihn Hanna.

Ganz vorsichtig nahm Hanna ihn an sich und drückte ihn. Zufrieden sah Mutter zu. Sie hatte zwar nie verstanden was ihr Mädchen an diesem alten Stofftier fand, freute sich aber, dass der Bär ihrem Kind so gut tat.

Hanna war klar, dass ihre Mutter es seltsam finden musste, dass sie so an den Bären hing. Mutter hätte keine ruhige Sekunde mehr, wenn sie das Geheimnis des Bären kennen würde.

„Ich soll dir schöne Grüße von …. ach, eigentlich von allen ausrichten. Besonders Annas Mutter hat mit uns gebangt und ist jetzt genauso erleichtert wie wir. Sie will Anna gleich anrufen.

Anna hat jeden Tag angerufen und sich nach dir erkundigt.

Deine Lehrer waren auch in ständigen Kontakt mit uns. Ich glaube, ich muss noch einige Leute beruhigen und ihren berichten, wie gut es dir wieder geht."

Mutter hielt inne, forschend sah sie Hanna an. „Es geht dir doch gut, oder?" „Ja, natürlich, mir geht es gut, schön wenn ich wieder zu Hause bin."

„Ich habe gerade noch einmal mit dem Doktor gesprochen, hier im Haus gibt es eine Fitness-Abteilung, dort kannst du deine Muskeln wieder in Schwung bringen. Sie kramte in ihrer Tasche,

„Oh, nein", jetzt habe ich den Brief von Frau Fichte vergessen. Sie wollte dich besuchen, doch wir lehnten ab, schließlich konntest du ja niemanden empfangen und einen schlafenden Menschen zu besuchen führt zu nichts."

-Da bin ich mir nicht sicher, - dachte Hanna, aber das konnte sie ihrer Mutter nicht sagen. So nickte sie nur.

Nachdem Mutter wieder gegangen war, hoffte Hanna, Frau Müller würde sich noch einmal blicken lassen. Aber nichts geschah.

Anfangs fiel es ihr schwer, wieder richtig auf die Beine zu kommen. Doch nach einigen Tagen intensiven Trainings und dank einer Aufbaukost, die es in sich hatte, ihr aber nur teilweise schmeckte, fühlte sie sich topfit.

Der Tag der Entlassung war da! Hanna war aufgeregt. Endlich öffnete sich die Tür, Mutter und Vater stürmten herein. „Endlich, mein Schatz!" Irrte sie sich oder hatte Vater tatsächlich Tränen in den Augen?

„Wir freuen uns einen Ast ab. Auch wenn die Ärzte sich wundern wie schnell du wieder so fit geworden bist, nun, ich glaube, es liegt an den Genen, unsere Familie ist einfach toll."

Ja, und ich habe Bären die mir helfen.

Hanna musste lachen. Mutter nahm sie Wortlos in den Arm. Vater schnappte sich Hannas Sachen, nur den Bären, den nahm sie selber. „Dann wollen wir uns schnell verabschieden, unser zuhause wartet."

Mutter öffnete die Tür und Hanna ging hinaus ohne sich noch einmal umzuschauen. Nach einer kurzen aber herzlichen Verabschiedung von den Ärzten und Schwestern verließen sie das Krankenhaus.

„So, das wäre geschafft, auf zu neuen Abenteuern!"

Hanna ahnte, dass das was noch folgte ihr größtes Abenteuer wird.

Natürlich, es muss ja weitergehen, schließlich ist der dritte Bär noch nicht gefunden. Herr Kranz hat auch noch nicht bekommen was er verdient hat und so wie es aussieht muss noch einiges an Abenteuern bestanden werden bis sich alles auflöst.